OCHI
ÎN
ÎNTUNERIC
ROWENA DAWN

SCARLET LEAF

2018

DEDICATĂ
CORINEI ȘI LUI EMIL

PROLOG

NU MULTĂ LUME SE ADUNASE în jurul coșciugului și nu din cauză că ploua de mai bine de doisprezece ore. Nici la slujba de la biserică nu veniseră prea mulți oameni.

Cam așa se întâmplă atunci când înmormântarea are loc în mijlocul săptămânii, își scutură Diane capul cu durere.

Oamenii aveau slujbe și familii de care trebuiau să se îngrijească. Nu putea să-i învinovățească pentru absența lor.

Cuvintele pastorului îi treceau pe lângă urechi. Nu fusese ea niciodată o persoană foarte religioasă și, de altfel, nici acum nu găsea nici un fel de comfort în ritualul de înmormântare.

Când cu câteva clipe în urmă ochii Dianei trecuseră peste chipurile celor câțiva oameni care se găseau în biserică, inima i s-a strâns. Ghinionul îi răpise mătușii sale șansa de a avea alături de ea în acea ultimă zi pe oamenii pe care îi cunoscuse ani de zile.

Răposata Martha Elgin fusese bine cunoscută și respectată în ținut.

Niciodată nu mi-am imaginat că o iubeau atât de mulți oameni, reflectă Diane și își șterse lacrimile.

Valurile constante de oameni, care tot veniseră să îşi prezinte condoleanţele şi pentru a îşi arăta respectul pentru mătuşa sa în timpul ultimelor trei nopţi ale priveghiului au impresionat-o pe Diane MacLean, unica nepoată a Marthei.

Diane îşi dădu seama că şi-a încheiat preotul slujba abia când oamenii au început să se mişte şi să formeze un şir în faţa ei pentru a-şi prezenta din nou condoleanţele şi regretele pe un ton şoptit.

Unii i-au strâns mâna cu afecţiune, în timp ce alţii chiar au îmbrăţişat-o, deşi o cunoşteau de numai câteva zile. După aceea, toţi au părăsit cimitirul, adunaţi sub umbrele mari.

Urmau să vină la casa mătuşii sale mai târziu, unde Diane, împreună cu ajutorul unei companii de catering, pregătise un parastas în amintirea mătuşii sale, care era programat pentru ora trei după-amiază.

Cu toate acestea, curând, Diane rămase singură lângă coşciug, cu ochii umezi de lacrimi, în timp cei doi bărbaţi masivi şi tineri aşteptau cu nerăbdare sub coroana unui stejar mare. Voiau să termine mai repede cu înmormântarea aceea şi să caute adăpost undeva înăuntru, departe de ploaie. Ochii lor stăteau aţintiţi fix pe ea, încercând să o determine să plece o dată.

Diane şi-a şoptit cuvintele de adio către mătuşa sa şi a atins capacul sicriului cu o mână tremurândă. Îşi iubise mătuşa şi regreta că nu venise să o viziteze de mai bine de trei ani deja. Acum, cuvintele ei ajungeau la urechi surde.

Dădu din cap spre gropari şi o porni pe cărarea pietroasă ce ducea spre ieşirea cimitirului şi spre parcare. Nici măcar nu-i observă pe cei trei bărbaţi ascunşi în umbra unui pâlc de copaci din spatele ei.

Cel mai înalt se aplecă şi şopti câteva cuvinte. Cu o mişcare din cap, unul dintre ceilalţi doi o porni printre copaci către aceeaşi parcare.

Bărbatul ajunse acolo înaintea Dianei. Aşezat comfortabil în maşină, ochii lui o urmăriră venind pe cărare cu paşi înceţi.

Femeia arăta obosită şi se părea că nu îi păsa de ploaie, deşi umbrela ei nu o proteja prea bine de picăturile dese. Avea o privire îndepărtată care stătea mărturie gândurilor sale împrăştiate.

Diane nu l-a observat pe bărbatul din maşină, ci şi-a pus umbrela în portbagajul SUV-ului său şi s-a grăbit spre portiera şoferului.

Şi-a pornit maşina şi a părăsit parcarea, fără să bage de seamă că o altă maşină o urmărea îndeaproape. Conducea sub limita de viteză deşi era aşteptată în oraş, unde avocatul mătuşii sale o invitase la citirea testamentului.

I-am spus deja că s-ar putea să fiu în întârziere. Care-i graba, până la urmă? Testamentul tot nu se va schimba, va rămâne la fel.

CAPITOLUL 1

AERUL ÎI PĂTRUNDEA năvalnic în plămâni şi îi aducea în nări mirosul ploii de mai devreme care încă mai lâncezea în atmosferă. Mirosul frunzelor umede, care fuseseră împrăştiate de vânt pe solul pădurii, îl înviora.

O privea pe femeie îndeaproape din umbra copacilor unde îşi găsise un loc bun să se ascundă.

Este doar o necesitate, se minţi el pe sine însuşi. Ştia că de fapt îi plăcea ceea ce vedea. Imaginaţia sa deja cutreiera cărări pe care ştia că ar fi fost mai bine să le ocolească

Stătea nemişcat, temându-se să nu facă vreun zgomot călcând pe unul din vreascurile care erau împrăştiate pe pământul din jurul copacilor, astfel dezvăluindu-şi poziţia.

Avea destul timp la dispoziţie să îşi facă prezenţa cunoscută mai târziu şi nu dorea să o sperie pe femeie înainte să vină momentul potrivit pentru acest lucru. Îşi făcuse un plan, iar el niciodată nu devia de la un plan bine gândit.

Ochii săi cutreierară peste trupul femeii. Aceasta îşi arcui gâtul, amintindu-i de un cerb aflat la adăpat în zorii zilei, amuşinând aerul pentru a simţi dacă se afla vreun vânător prin preajmă.

Bărbatul surâse. *Mda, dulceaţă, simţi că sunt aici, dar nu eşti sigură. Încă.*

Oboseala îi săpase femeii linii vizibile în colţul ochilor şi în jurul gurii. El o privea de câteva ore bune şi o văzuse muncind din greu, încercând să pună la punct casa fermei.

Vântul îl tachină cu un iz vag de mere verzi şi lămâie, stârnindu-i amintiri de mult uitate. Aceasta nu îi surâse defel şi imediat îndepărtă amintirile cu furie.

Brusc, femeia se cutremură şi îşi frecă braţele. Aerul nopţii se răcorea din ce în ce mai mult.

Părul său bogat arămiu îi era prins într-o coadă dezordonată. Şuviţe de păr îi încadrau chipul şi îi dădeau un aer de vulnerabilitate.

Deodată, bărbatul decise că a privit-o suficient. '*Acum este momentul,*' îşi spuse el pe sub barbă şi ieşi din ascunzătoarea sa.

-Hei, tu, de-acolo!

Femeia aproape că sări în sus de un metru când vocea lui dură biciui prin aer. Glasul venise dinspre partea stângă a curţii unde o mulţime de tufişuri şi copaci înalţi întunecau noaptea şi mai mult.

Ea îşi aruncă privirea într-acolo cu ochii rotunjiţi de uimire şi zări o umbră înaltă mişcându-se în întuneric. Spaima îi licări în suflet şi îi tăie răsuflarea.

Bărbatul micşoră distanţa dintre ei, iar un rânjet îi încolţi în colţul gurii. Ceva similar satisfacţiei îi alerga prin vene.

Ochii ei se lărgiră şi mai mult când figura lui înaltă şi bine clădită păru să înghită tot spaţiul. Frica din ochii ei stârni o emoţie necunoscută adânc în sufletul lui, iar el încercă să o identifice, dar fără succes.

Se gândi că nu era compasiune, cu siguranţă, deşi nu-şi putea explica de ce. Nu era ca şi cum şi-ar fi putut aminti cam cum s-ar fi simţit compasiunea.

Timp de câteva momente tensionate, s-au privit fix unul pe celălalt cu intensitate. Nici unul dintre ei nu se mişcă.

Frica străluci în ochii ei verzi din nou. Un bărbat imens păşea prin curtea ei ca şi cum ar fi fost pe propriul lui domeniu de vânătoare.

Ochii lui negri oţeliţi îi reflectau îndrăzneala înnăscută, dar într-o oarecare măsură şi amuzamentul, precum şi o fracţiune de dorinţă sălbatică, o dorinţă pe care ea nu reuşea să o identifice. Acea dorinţă o îngrijora. Nu-i păsa de faptul că individul se amuza pe seama sa.

Se evaluară unul pe celălalt ca doi spadasini.

De ce naiba nu mi-am ascultat eu instinctele? reflectă ea.

Se crezuse singură acolo, la căsuţa fermei, şi cu toate acestea, de-a lungul întregii seri, avusese senzaţia că cineva o privea. Acea senzaţie îi electrizase firele fine de păr de la ceafă, iar ea, pur şi simplu, o ignorase prosteşte.

Ferma se găsea departe de drumurile bătute în mod obişnuit, ceea ce ei îi convenea de minune. Nu simţea nevoia de-a fi înconjurată de legiuni de oameni şi nici nu-i lipseau zgomotele marelui oraş.

De la moartea mătuşii sale, cu câteva luni mai înainte, se tot gândise să se mute de la oraş şi să-şi facă o viaţă pentru sine acolo, în mijlocul sălbăticiei. În sfârşit, cu o săptămână în urmă a făcut şi pasul acela. Acum, însă, se îndoia de înţelepciunea deciziei sale.

-Am un pistol chiar aici, strigă ea la el, iar vocea îi tremură. Şi ştiu să-l folosesc, continuă ea pe o voce ascuţită.

Frica o sufoca şi abia reuşea să pronunţe cuvintele.

Râsul lui brutal îi răsună în urechi şi sângele îi îngheţă în vene. *Nu mă crede*, se gândi ea, şocată, şi regretă că nu se dusese la clasele de auto-apărare la care se tot gândise pe vremea când locuia în oraş. Dar gândul acela avu o viaţă scurtă.

Hmm, asta e. Este prea târziu acum să plâng după laptele vărsat. Este momentul să îmi asum consecinţele.

-Mda, sunt convins că ştii, strigă el, iar apoi râse şi mai tare. Dulceaţă, spuse el pe un ton tărăgănat, ce lăsa impresia că mierea îi curgea de pe buze şi care trăda un accent sudist specific. Sunt sigur că m-ai putea împuşca dacă ai vrea, dar mă îndoiesc că vrei, continuă el, iar apoi îşi arcui o sprânceană, ca şi cum ar fi provocat-o să încerce. Am nevoie de ajutor pentru numai o noapte sau două, cel mult, minţi el cu tupeu, fără ca măcar să clipească.

Vocea lui dulceagă şi falsă îi alungă teama femeii. Furia luase locul fricii, iar cuvinte mânioase i se urcară pe buze când îi auzi sarcasmul muşcător.

-Oraşul este în direcţia aceea, replică ea, arătând spre stânga lui. Acolo vei găsi tot ajutorul de care ai nevoie, domnule, mai adăugă ea, pronunţând cuvintele pe un ton arţăgos. Aici nu se găseşte nimic pentru tine, clarifică ea, încheindu-şi tirada cu un gest care nu mai lăsa loc la tocmeală.

-Nu am chef să mă mai duc până în oraş acum, ridică el din umeri. Sunt obosit pentru că am umblat destul de multe ceasuri. Mi s-a stricat maşina la câteva mile mai jos pe şosea, iar acum am nevoie de un loc unde să stau. Şi cred că-mi place locul ăsta, spuse el pe un ton plat, care îi provocă femeii frisoane pe şira spinării.

După ce îşi declară intenţiile, se apropie şi mai mult de scară şi se opri sub arcul de lumină ce venea de pe verandă.

-Cum de îndrăznești? împinse ea cuvintele cu dificultate printre buzele strânse. Mâinile i se strânseră în pumni, iar unghiile îi mușcau din palme.

Bărbatul din fața ei era un bărbat destul de înalt, prea înalt pentru gustul ei. Dacă ar fi fost mai scund, poate ar mai fi avut o șansă să se apere împotriva lui. De asemenea, era și mult mai solid decât ea. Statura și construcția lui îi aminteau de un luptător. *Nu-i a bună cu tipul ăsta, Diane*, reflectă ea.

-Hai, fii o bună creștină, îi spuse el pe un ton dulce. Nu-i așa că nu vei lăsa un biet om aici, afară în pădure, pe timpul nopții, să se protejeze singur, înfrigurat și flămând? o întrebă el cu un zâmbet fermecător și își deschise brațele larg. În ciuda tonului său, ochii lui sclipeau cu ironie.

-Aș face-o cu siguranță, replică ea cu hotărâre și își puse mâinile pe șolduri.

Dorea să-l facă să înțeleagă că vorbele lui nu o vor impresiona. În fond, nu era redusă mental.

Timpurile când oamenii își deschideau casele în fața străinilor se duseseră de mult. Și oricum, ea era o fată de la oraș și nu-i stătea în fire să reacționeze astfel.

El pași și mai aproape și ajunse la scările de la verandă, arătând astfel că nu era descurajat de refuzul ei. Se sprijini cu o mână de balustradă, iar ochii săi zâmbitori o evaluară ca să vadă cât de hotărâtă era.

Ochii lui pledau inocență, dar cu toate acestea, Dianei nu-i fu greu să distingă duritatea care mocnea în spatele zâmbetului lui. Era clar că bărbatul acela era departe de-a fi ceea ce dorea el să o facă să creadă.

Bărbatul era construit ca unul dintre vânătorii ce umblau călare și despre care citise cu mult timp în urmă. Înalt de peste 1,80 m, ochii lui se găseau la același nivel cu ai ei, chiar dacă el se afla la piciorul scării. Avea umerii destul de lați și puternici și nu i-ar fi fost prea greu să o ia în cârcă și să fugă cu ea dacă asta i-ar fi fost intenția.

Oh Doamne, oh Doamne, bombăni ea în gând. Trebuia să facă ceva pentru ca să scape de el.

Să-mi ia naiba dorința de a admira noaptea. Dacă m-aș fi aflat în casă, cel puțin aș fi avut o ușă între mine și ursul ăsta de om... Deși mi-e teamă că o ușă încuiată nu ar fi făcut nici o diferență dacă s-ar fi hotărât să intre în casă, recunoscu ea, ochii săi analizând pragmatic bărbăția dură a omului din fața ei.

-Hai, domnișorică, nu fii afurisită, încercă el să o convingă, continuând să afișeze acel zâmbet care o călca pe nervi. Am nevoie numai de un pat pentru o noapte. Și îți promit că nu va fi al tău, adăugă el.

Ea observă atunci că zâmbetul nu i se reflecta niciodată în ochi. Ochii bărbatului păreau două săgeți negre ațintite asupra ei, supraveghiându-i fiecare mișcare. Stele de gheață îi străluceau în pupilele întunecate, înghețând-o până la oase.

Sarcasmul bărbatului era vizibil pe chipul lui și îi provoca senzația că tentacule i se târau pe piele. Atitudinea lui nonșalantă o speria și mai mult pentru că nu îi înțelegea jocul.

-Ești nebun sau ce naiba? îi replică ea cu furie mocnită în voce.

-Cred că a doua variantă, îi răspunse el cu blândețe de data aceasta.

-Cum îți imaginezi că te-aș lăsa să dormi în casa mea? îl întrebă ea cu mânie.

Vorbeşte de parcă ar vrea să mă scuipe şi să se şteargă pe mâini de mine, reflectă el amuzat. *Mi-e teamă că nu este chiar aşa uşor să scapi de mine, draga mea. Jocul se încheie numai atunci când spun eu că se încheie. Acum fii fată bună şi cedează. Nu te voi deranja... prea mult.*

-Bine, atunci hambarul, ce părere ai de asta? îi oferi el un compromis.

Nu e ca şi cum nu mi-aş permite să fac un compromis cu tine pe moment. Mâine, vei juca pe altă muzică, draga mea.

-Îţi poţi încuia uşile în noaptea aceasta, iar mâine mai vorbim noi. Ce părere ai? Mie unuia mi se pare un târg bun, ridică el din nou din umeri şi îşi plesni de coapsă pălăria de cowboy pe care o ţinea în mână.

Femeii nu-i plăcură cuvintele bărbatului defel şi se nici nu voia să se gândească la ce fel de târg se referea. *Mda, de parcă o uşă încuiată te-ar opri să-mi intri în casă.*

Dar cu toate acestea, ştia că se găsea în dezavantaj total. Dacă dorea să încheie acea discuţie ridicolă, şi o dorea, evident, atunci trebuia să-i accepte oferta şi să spere că va rămâne în hambar.

-Du-te la hambar şi aşteaptă-mă, îi ceru ea brusc. Îţi voi aduce şi nişte pături ca să nu simţi frigul nopţii. Îţi convine aşa?

El îi zâmbi din nou, iar de data aceasta, îi arătă două rânduri de dinţi mari, perfecţi şi albi. Zâmbetul lui îi aminti de un lup aflat în faţa pradei sale şi femeia se cutremură.

Apoi, el se aplecă batjocoritor în faţa ei şi se întoarse să se îndrepte spre hambarul construit pe una dintre laturile curţii mari.

Femeia nu se mişcă până ce nu îi ajunse la urechi un scârţâit metalic, care o anunţă că omul a deschis uşa ruginită a hambarului.

După aceea, fugi repede în casă şi încuie uşa în urma ei, deşi era deja mult prea târziu pentru asta. Ştia că nu mai avea nici un rost, dar avea nevoie de iluzia că se afla în siguranţă pe moment.

Nu uitase că trebuia să iasă din nou cu păturile pe care i le promisese. Se gândi că trebuia, de asemenea, să-i dea şi ceva de mâncare. Nu avea loc de întors dacă voia ca el să nu se mai întoarcă înapoi după aceea şi să îi ceară de mâncare. Era mai mult ca sigură că era capabil să facă aşa ceva.

Deşi ştia că trebuie să iasă din casă curând, nu-şi putea forţa picioarele să se mişte. Tremura deja din toate încheieturile şi se văzu nevoită să se sprijine de perete pentru a rămâne în picioare.

Într-un final, numai teama că el se va întoarce a impulsionat-o să se mişte şi să urce scările la etaj. Cu mâini nesigure, scoase două pături din dulapul cu aşternuturi ce se găsea pe holul de la etaj.

Apoi făcu un raid rapid prin bucătărie şi îi pregăti trei sendvişuri mari. *Mai bine aşa decât să am motive de regret mai târziu*, se gândi ea.

Totul îi luă mai mult timp decât se aşteptase, dar, din nefericire, îi tot scăpau lucrurile din mână din cauză că degetele îi tremurau şi nu putea să le controleze. Luă şi o cutie cu o băutură răcoritoare din frigider şi o porni spre uşa de la intrare.

Inima îi bătea din ce în ce mai tare şi din cauza fricii aproape că îi sărea din piept.

Înainte de a deschide uşa, îndepărtă cu grijă perdeaua care acoperea fereastra de pe laterala uşii şi privi atent afară.

Zări lumină în hambar, dar nu reuşi să vadă nimic altceva.

Sper că mă aşteaptă acolo şi nu aici, lângă casă.

Ar mai fi existat numai o singură posibilitate - să îl sune pe şerif, dar până ce ar fi ajuns şeriful acolo, la fermă, probabil că ea ar fi devenit deja dejun pentru vulturi.

Într-un sfârşit, deschise uşa şi păşi în întuneric. Cu câţiva paşi mari grăbiţi, ajunse la uşa hambarului şi strigă:

-Domnule, eşti acolo?

Uşa de la hambar se deschise brusc cu un scârţâit lugubru, iar ea, speriată, sări înapoi câţiva paşi şi ţipă.

-Te-am speriat? se interesă el, aparent doar vag interesat de starea ei.

Tonul său îi spunea clar că de fapt nu-i păsa de nici un fel.

-Tu ce părere ai? se încruntă ea la el. Uite-ţi păturile, spuse ea furioasă şi mai că aruncă păturile spre el.

Apoi, se întoarse să se îndrepte spre casă, uitând de mâncarea pe care încă o ţinea în mână. Cu colţul ochiului, observă că sprânceana lui dreaptă s-a arcuit sardonic. Îşi dădu seama că el se uita cu înţeles la sendvişurile din mâna ei şi simţi impulsul să-i arunce totul în faţă.

Îşi controlă impulsul totuşi şi îi întinse mâncarea. După aceea, se întoarse din nou să părăsească hambarul, fără să rostească nici măcar un cuvânt.

-Noapte bună şi ţie, menţionă el sarcastic, iar apoi izbucni într-un râs sănătos, care suna nebuneşte în urechile ei.

Bărbatul îşi dădu seama că imaginaţia ei o luase razna de-a binelea şi de aceea se comporta ca o cărpioară speriată.

Ea mormăi câteva cuvinte bine alese pe care se presupunea că nu le ştie. Cuvintele ajunseră la urechile bărbatului şi amuzamentul său deveni şi mai zgomotos. Era mulţumit atât cu situaţia, cât şi cu vocabularul ei atât de colorat.

Ea nu-şi mai opri paşii. Părăsi hambarul în grabă, dar în ciuda grabei sale, mirosul de mosc al bărbatului o învălui şi ceva ca nişte fluturi îi fremătă în abdomen. Refuză însă să se gândească prea mult la aceea senzaţie stranie şi preferă să se concentreze pe furia care o cuprinsese.

Aproape că alergă înapoi spre casă. Dorea să pună cât mai mare distanţă între ea şi uriaşul care îşi găsise reşedinţă temporară în hambarul ei în acea noapte.

Încuie uşa în spatele ei şi respiră cu uşurare când sunetul broaştei de la uşă o anunţă că uşa era încuiată.

Renunţă să îşi mai bea ceaşca ei obişnuită de ceai înainte de a merge la culcare şi se duse direct în dormitor, chiar dacă picioarele îi tremurau.

Se schimbă în pijamale, iar acea îndeletnicire îi luă o vreme. Degetele îi tremurau atât de tare încât abia reuşi să-şi încheie nasturii de la bluza de pijama.

O bufniţă ţipă în noapte şi sunetul o umplu de anxietate. Suna ca o prevestire de rău augur.

Se băgă în pat, măcinată de gânduri negre. Sentimentul că ceva urma să se întâmple o ţinu trează o bună parte din noapte.

CAPITOLUL 2

ZORII ZILEI ABIA COLORAU orizontul când bărbatul ieși din hambar, frecându-și ochii. Starea lui de spirit se cam deteriorase în noaptea precedentă și nu i se mai îmbunătățise defel.

Admise că dormitul în hambar nu fusese cea mai bună alegere pentru el, iar ochii săi fulgerau de iritare.

Ascultă chemarea naturii și vizită pâlcul de copaci din spatele curții. *Nu cred că ar fi prea fericită dacă m-aș duce în casă să caut o baie.*

Întorcându-se, își ciufuli părul cu degete nerăbdătoare și aruncă o privire în jur. Ochii îi căzură mai întâi pe vechiul puț din curte, dar mai apoi văzu pompa nouă de apă ce fusese instalată în apropierea sa.

Începu prin a se întinde, ca să-și mai ostoiască durerile din umeri, iar apoi, își scoase cămașa. Nu avea nici un concept de modestie și nu-i păsa dacă gazda sa l-ar fi privit.

Niciodată nimeni nu l-a descris ca fiind un tip timid, iar el știa că avea corpul în destul de bună condiție pentru a-i oferi femeii din casă un spectacol bun pe gratis.

Până la urmă, mi se pare că este mai mult decât corect să i-o plătesc că m-a făcut să dorm în hambar.

De fapt, plănuia să o facă să plătească scump pentru neîncrederea ei, deși, adânc în sufletul său, recunoștea că femeia avea dreptate. Nici o femeie din lume, nici măcar una care ar fi avut doar câțiva neuroni în funcțiune, nu ar fi primit un bărbat necunoscut în casa ei noaptea.

Știa toate acestea, dar femeia îi rănise mândria. La naiba! Doar nu arăta a criminal.

Da, era adevărat că mersese pe joc câteva ore și era prăfuit. Intenționase să ajungă acolo dimineața târziu, dar afurista aia de mașină s-a stricat și nu a mai putut să o repare. Bateria a cedat până la urmă și nimic din ce a încercat nu a mai readus-o la viață.

Nici un fel de mașini nu au trecut pe lângă el, și doar a așteptat acolo aproape două ore înainte de a renunța. Deci, nu găsise nici un fel de ajutor.

Când a ajuns la ușa ei, era acoperit de un strat de sudoare și praf. Mărșăluise timp îndelungat, tocmai din celălalt capăt al pădurii până în acel loc uitat de Dumnezeu.

Și când te gândești că în onoarea ei am pus pe mine cea mai bună pereche de jeanși și cămașa mea favorită. Iar ea s-a uitat la mine de parcă aș fi fost un gunoi, se gândi el, iar apoi se încruntă, uitând complet că femeia probabil a fost îngrijorată de apariția lui la ușa ei.

În timp ce el își spăla gâtul și armele musculoase la pompă, ea îl privea din spatele perdelelor. Ochii ei cutreierară spatele lui bine făcut și o scânteie de atracție îi jucă în partea inferioară a abdomenului.

A știut imediat când el s-a trezit. Probabil că scârțâitul ușii de la hambar o trezise și pe ea. Ori poate i-a auzit pașii în curte sau sunetul apei care curgea de la pompă.

OCHI ÎN ÎNTUNERIC

Indiferent de motiv, se îndreptase spre fereastră imediat, iar acum îl privea, aproape fascinată de ceea ce vedea.

Femeia refuză să mediteze asupra motivelor sale. Niciodată nu îi mai plouase în gură în faţa unui trup bine făcut.

Eh, întotdeauna există acea primă dată, reflectă ea.

Braţele lui puternice erau acoperite de muşchi sculptaţi, iar pieptul lui lat, acoperit cu păr aspru şi întunecat la culoare, strălucea din cauza picăturilor de apă.

Femeia îşi strânse palmele în pumni pentru că simţea cum o furnicau degetele să şi le treacă prin părul acela des şi, frustrată, îşi muşcă buza inferioară. Apoi, îşi scutură capul.

Oh, drace! La ce-ţi zboară gândul, femeie? Controlează-te!

Părăsi fereastra şi se îndreptă spre baie ca să facă un duş lung pentru a-şi clăti dorinţa pe care o simţea pentru bărbatul pe care îl încuiase afară în noaptea precedentă.

Apa rece îi biciui trupul şi o pedepsi timp de câteva minute. Primi cu bucurie pedeapsa crâncenă pentru că simţea nevoia să îşi revină şi să judece totul la rece şi încă rapid.

După aceea, alese un tricou modest şi o pereche de jeanşi care văzuseră şi vremuri mai bune. O scurtă privire aruncată în oglindă o asigură că arăta suficient de decent.

Nu dorea să-l vadă ridicând din sprâncene când ar fi dat cu ochii de ea şi ar fi văzut cu ce se îmbrăcase. Satisfăcută, coborî scările şi descuie uşa de la intrare.

El era deja acolo, în faţa uşii, frecându-şi pielea cu un prosop aspru pe care îl scosese din rucsacul pe care îl cărase cu el în seara de dinainte.

Ea se luptă să îşi desprindă ochii de pe pieptul său larg.

Oh, drace! De ce naiba sunt atât de obsedată de pieptul acesta blestemat?

-Dacă vrei să iei micul dejun, atunci poți veni în casă, spuse ea pe un ton abrupt, iar apoi, îi întoarse spatele de parcă bărbatul nu ar fi contat defel.

Se îndreptă spre bucătărie cu pași măsurați, aparent neinteresată dacă el o urma sau nu.

El își propti ochii pe fundul ei strâns în jeanșii franjurați și rânji. Își imagină că femeia i-a ales tocmai pentru a nu-l face să o privească, dar rezultatul era exact opus. Acum, dorința lui pentru ea deveni mai adâncă și mai puternică.

Chiar dacă erau niște pantaloni mai vechi, arătau perfect pe ea. I se potriveau ca o mănușă bine strânsă pe piele. Când se mișca, pantalonii îi îmbrățișau șoldurile strâns, iar el era conștient că trebuia să își țină bine în frâu pornirile pentru a nu sări pe ea.

Râse de el însuși și își șterse bine corpul cu propospul. Își trase pe el un tricou curat și intră în casă căutând bucătăria.

Mirosul de mâncare proaspăt gătită deja umpluse încăperea, iar stomacul i se agită din cauza foamei.

-Oamenii de obicei spun 'bună dimineața' sau cel puțin 'salut' când se văd de dimineață, spuse el pe un ton conversațional, sprijinindu-se de tocul ușii și încrucișându-și gleznele.

-Poate că da, dar eu nu am timp de așa ceva, în special cu unul ca tine, îi aruncă ea peste umăr cu dispreț, continuând să-și facă de lucru la mașina de gătit.

-Oh, într-adevăr? Unul ca mine? Și ce ai de făcut de este atât de important încât nu poți să fii cât de cât politicoasă cu un musafir?

Ea se strâmbă și-i mulțumi lui Dumnezeu că el nu-i putea vedea fața.

OCHI ÎN ÎNTUNERIC

Politețe, ce să spun! Unui musafir! De parcă eu te-aș fi invitat aici.

Dar în ciuda gândurilor sale, tot nu reuși să-i dea o replică potrivită.

Ar fi trebuit să lucreze pentru următoarea sa expoziție, dar nu avea deloc inspirație pe moment. De fapt, chiar nu avea nimic special de făcut. Deja terminase cu curățenia în casa fermei.

Acum, se gândea numai să asculte ceva muzică, să citească o carte sau pur și simplu să admire natura. Va găsi ea ceva de făcut și nu avea nevoie de el pe-acolo.

-Lucruri diverse, replică ea pe un ton neprietenos, ca să închidă subiectul.

-Ce fel de lucruri? insistă el, ceea ce o făcu să-și dea ochii peste cap cu exasperare.

Era ca un terrier cu un os în gură. Maxilarul lui îi arăta încăpățânarea și era evident că nu va renunța la subiect prea curând.

-Diferite, replică ea, fără a arăta vreun interes deosebit vis a vis de el. Nu că e treaba ta, apropo.

Se temea că dacă bărbatul nu pleca mai repede din preajma ei o va înnebuni de tot. Întorcându-se spre el cu tigaia în mână, îi puse omleta pe farfurie și se răsti la el mânioasă:

-Acum mânâncă și dispari!

-Într-adevăr, frumoase maniere, tărăgănă el cuvintele fără să cedeze nici un pic.

Tratamentul ei grosolan nu părea să-l afecteze. Arăta de parcă niciodată nu se distrase atât de bine și ea nu putea să înțeleagă de ce.

-Care e problema cu tine? nu mai rezistă ea şi întrebă, privindu-l pe bărbat cu uluire. Chiar nu simţi când nu eşti dorit undeva?

-Oh, desigur, nu-ţi fă griji, dădu el din mână indiferent. Nu e ca şi cum nu ţi-ai fi dat silinţa să-mi dai de înţeles că nu mă vrei aici, dulceaţă, replică el pe un ton foarte la obiect. Acum, că mă vrei sau nu, eu tot trebuie să stau aici, spuse el, aşezându-se şi împungând cu furculiţa ouăle pregătite de ea.

-Ce naiba vrei să spui cu asta? îl întrebă ea complet şocată.

Îşi încrucişă braţele sub sâni şi îi aruncă o privire neagră. Nu-şi putea crede urechilor. Omul pur şi simplu declarase că trebuia să stea acolo, de parcă dorinţele ei nu ar fi contat absolut deloc.

-E foarte simplu, dulceaţă. Trebuie să locuiesc aici. Nu ţi-a citit avocatul testamentul mătuşii tale?

Vorbele lui au lăsat-o fără cuvinte pentru câteva secunde. Nu putea decât să se holbeze la el, de parcă brusc i-ar mai fi crescut un cap.

-Nu am ascultat cu foarte mare atenţie, recunoscu ea mormăind. Dar sunt destul de sigură că sunt singura care a moştenit această casă, spuse ea, cu un gest larg.

-Da, eşti. Dar mai este altceva notat în testament. Mătuşa ta ţi-a cerut să împarţi casa cu mine timp de cel puţin doi ani. Aceasta este condiţia pentru a deveni proprietara casei. Eu mă voi îngriji de proprietate timp de doi ani până ce vei decide dacă doreşti să trăieşti aici cu adevărat.

Ochii ei se rotunjiseră într-atât de mult încât el se temu că vor exploda. În următoarea clipă, femeia se repezi afară din bucătărie, şi se îndreptă spre încăperea de alături cu paşi apăsaţi.

OCHI ÎN ÎNTUNERIC

Sunetul unui sertar deschis cu gesturi nervoase ajunse la urechile lui. Un zâmbet satisfăcut îi înflori pe buze când auzi foşnetul paginilor întoarse cu zgomot. El ştia că spusese adevărul şi se întrebă cum de nu văzuse ea acea condiţie până atunci.

Cu toate acestea, motivele lui de a locui acolo erau puţin mai complicate decât cele afirmate în testament. Nici că se putea să-i pese mai puţin de starea casei sau a proprietăţii.

Venise acolo cu scopul de a o proteja pe femeie şi pentru a descoperi nişte adevăruri întunecate. Avea datoria să se răzbune pe nişte oameni, şi asta de multă vreme. Răposata, mătuşa femeii, doar îi făcuse treaba mai uşoară şi îi dăduse posibilitatea de a-şi satisface setea de răzbunare atunci când şi-a întocmit testamentul.

Zâmbetul i se transformă într-un rânjet la acele gânduri. Erau anumite lucruri pe care nu le putea uita sau ierta. Răzbunarea îi era mai necesară decât aerul.

Strigătul ei ultragiat, precum şi sunetul unui sertar trântit în cealaltă încăpere, îl determină să adopte o mască de indiferenţă. Reîncepu să mănânce cu gesturi măsurate.

Femeia se întoarse în bucătărie, agitată ca un cuib de viespi, şi se aplecă deasupra lui.

-Ce naiba este chestia asta? De ce îmi face asta?

-Face? Dulceaţă, deja ţi-a făcut-o, îi replică el liniştit, continuând să-şi mănânce micul dejun, imun la furia ei.

-Ştii ce vreau să spun, dădu ea iritată din picior. La naiba, sunt atât de furioasă că nici nu mai pot gândi, se răsti ea şi începu să parcurgă bucătăria agitată.

-Da? Atunci stai jos şi mănâncă, spuse el, împingând farfuria cu ouă în faţa ei. Poate că asta te va ajuta să gândeşti.

-Nu mai am chef să mănânc acum, se răsti ea la el. Crezi că mai pot mânca când ştiu că un străin va împărţi casa cu mine? Şi nu orice străin, dar tu..., spuse ea repede.

-De ce nu? îşi ridică el o sprânceană. Nu poţi face nimic în legătură cu asta, nu-i aşa? Testamentul este foarte clar, dacă nu mă înşel. Este de necontestat. Nu mai poţi schimba nimic. Şi ce e în neregulă cu mine? Crezi că există un alt bărbat mai potrivit pentru a avea grijă de proprietate decât mine?

Ea nu se mai osteni să-i răspundă. Căuta febril o cale de ieşire din acea situaţie, chiar dacă ştia că nu există nici una. Testamentul era clar şi nu era ca şi cum l-ar fi putut schimba.

Îi aruncă o privire încruntată. Se găsea efectiv la mila lui.

Când şi-a dat seama de aceasta, îi veni o altă idee. Îşi apleca capul pe umăr şi îl privi printre gene.

-Ce ar trebui să-ţi dau ca să te fac să pleci pentru totdeauna şi să mă laşi în pace, hmm?

-Nu voi pleca, aşa că ia loc şi mănâncă, spuse el, păstrându-şi calmul, fără nici un fel de emoţie în voce.

-De ce nu?

Aproape că strigase la el ca o nebună, pierzându-şi ultimele rezerve de control pe care le mai avea asupra nervilor săi.

-De ce nu vrei tu să fii un băiat rezonabil? întrebă ea cu răutate, iar ochii i se îngustară ca două fante.

El ridică din sprâncene când îi auzi apelativul, iar trăsăturile i se înăspriră.

-Bine, un bărbat rezonabil atunci, spuse ea rapid, încercând să-l împace.

Îşi dăduse seama că nu-i plăcuseră cuvintele ei. Şi cu toate acestea, ştia că avea nevoie de consimţământul lui, aşa că nu putea să-l supere prea tare.

OCHI ÎN ÎNTUNERIC

-Sunt rezonabil. Sunt rezonabil pentru că nu mă adresez unui judecător pentru a-i dezvălui încercarea ta patetică de a mă face să dispar. A sunat cam ca un fel de mită, nu-i aşa?

-Eşti cel mai rău..., începu ea, dar el o opri cu un gest scurt.

-Nu aş continua dacă aş fi în locul tău. Am terminat deja de mâncat. Îmi voi spăla farfuria ca să nu ai nici un fel de motive să te plângi că numai tu munceşti pe aici, spuse el batjocoritor şi se îndreptă cu farfuria spre chiuvetă.

Ea icni iritată în spatele lui şi din cauză că temperamentul i se încinsese din nou, aruncă o furculiţă spre el, lovindu-l drept în mijlocul spatelui. Îşi dăduse deja seama de cât de copilăresc reacţionase când el şi-a întors capul spre ea, fixând-o cu ochii săi la fel de îngheţaţi ca şi o zi de iarnă.

Acum, el se întoarse complet spre ea şi o privi câteva clipe lungi, ca şi cum nu-i venea să creadă că se comporta astfel. Îşi puse mâinile pe şolduri şi încercă să o intimideze cu privirea.

Crezuse că femeia era delicată şi drăgălaşă. Nu îşi imaginase nici o clipă că ar fi putut să se piardă cu firea cu adevărat. Acum îşi dădu seama cât de mult greşise în estimările lui şi îşi promise să nu se mai grăbească şi să facă astfel de presupuneri în viitor.

Oftă, iar apoi o întrebă pe un ton liniştit, aplecându-şi capul uşor pe o parte:

-Ce naiba este în neregulă cu tine?

-Nu e nimic în nergulă cu mine. În afară de prezenţa ta, evident, îi replică ea şi îşi încrucişă braţele pe piept. Doar nu am cerut să locuiesc cu cineva în casă, nu-i aşa?

Ai dreptate aici, dulceață, reflectă el. Admise că avea dreptate să se simtă înșelată și fără mijloace de a ieși din acea situație, dar nu era prost să spună ce gândea cu voce tare. Cu siguranță, ea ar fi profitat de înțelegerea lui și nu acela era scopul lui.

-Bine, dulceață, hai să stabilim totul acum, spuse el și se îndreptă spre ea cu pași măsurați.

Ochii ei străluceau din cauza mâniei. Era evident că nu-i plăcea să fie numită *dulceață.* Neplăcerea i se vedea pe chip ori de câte ori folosea acel termen de alintare. El se mulțumi să surâdă la ea, iar aceasta îi alimentă furia și mai mult.

-Nu este nimic de stabilit. Trebuie numai să pleci. Asta este tot! se răsti ea și lovi cu piciorul în podea, în același timp.

Bravo ție, fată. Se vede că regresezi din ce în ce mai mult, se admonestă ea în derâdere.

-Acum știi că nu pot face asta, nu-i așa? Aș vrea să-i respect ultimele dorințe ale bătrânei doamne. Ar trebui să vrei și tu același lucru. Dacă stau și mă gândesc bine, a fost mătușa ta, nu a mea, replică el pe un ton plin de tristețe prefăcută.

Ca și cum ți-ar păsa, strânse ea din dinți și se încruntă la el.

El era conștient că femeii i-ar fi surâs să-l poată arunca cât mai departe posibil, dar, din păcate pentru ea, el venise acolo cu intenția să rămână.

Trebuia să se ocupe de niște treburi neterminate și nu avea nici o intenție să-i permită unui chip drăgălaș să-l facă să se abată din drumul lui. Dar aceasta nu însemna că nu putea simpatiza cu ea pentru că știa foarte bine cum era să te simți fără putere și la capriciul soartei.

-Deci cum vezi tu această situație? întrebă ea după câteva clipe de tăcere.

OCHI ÎN ÎNTUNERIC

Îl fixă cu ochii îngustaţi, iar în acelaşi timp piciorul ei lovea podeaua cu nerăbdare.

-Aşa cum este. Voi locui aici de-a lungul următorilor doi ani, fie că îţi convine sau nu. Tu alegi ce dormitor voi folosi. Nu sunt pretenţios şi pot dormi în oricare dintre ele. Ţine minte, hambarul nu intră în discuţie, spuse el şi îşi ridică mâna pentru a opri să vorbească. Mama mea a crescut un domn, nu un lucrător de fermă.

Ea pufni când îi auzi cuvintele şi se uită la el fix cu răceală. La început, nici măcar nu se obosi să-i răspundă. Mai apoi, însă, nu-şi mai putu ţine gura închisă şi îi spuse:

-Mă îndoiesc.

-De ce te îndoieşti? întrebă el încruntat, deşi cam ghicea el la ce se referea.

-Mă îndoiesc că ai fi un domn, îi spuse ea şi se îndreptă spre uşa de la bucătărie.

-Hei, tu, unde te duci? se grăbi el după ea, temându-se că s-ar putea gândi să fugă.

Dacă ar fi fugit, planurile lui bine gândite ar fi fost în pericol. Era necesar ca ea să rămână acolo la fermă.

-Hei, tu? se întoarse ea spre el cu iritare.

Brusc, i se făcu atât de silă de felul în care el îi vorbea, încât simţi nevoia de a-l pocni zdravăn peste cap.

-Până ce facem prezentările, dulceaţă, aşa o să te strig, îi răspunse el pe un ton rece.

Se simţi vinovat că trebuia să-i calce mândria în picioare pentru a-şi atinge scopurile proprii, dar îşi înnăbuşi sentimentele imediat. Numai scopul final era cel ce conta. Mijloacele la care trebuia să recurgă pentru a-l atinge nu erau relevante.

Abia atunci își dădu ea seama că nu-i știa nici numele sau de unde venea. Nu știa absolut nimic despre el. Trecuse în fugă peste cuvintele din testament și numele lui nu se înregistrase în mintea ei.

Era doar un străin, și se presupunea că ea ar trebui să își împartă casa și, implicit, viața cu el. Se îndoia că va putea avea o viață complet separată cu altcineva locuind în aceeași casă.

-Da, am sărit peste prezentări, admise ea morocănoasă. Discuțiile noastre au fost atât de fascinante încât nu am mai găsit timpul să facem prezentările, continuă ea, pronunțând cuvintele cu sarcasm.

Disprețul și ceva neidentificat străluci în ochii ei, iar el nu își putu da seama ce anume.

Un surâs i se urcă pe buze. Era ușurat că cel puțin femeia avea simțul umorului. Se părea că va fi mai puțin plictisitor să locuiască cu ea decât se așteptase.

-Deci, drăguță, cum te cheamă? întrebă el, sprijinindu-și șoldul de masă.

Brațele îi erau încrucișate deasupra pieptului, ca și cum ar fi vrut să o țină la distanță de gândurile lui.

-Diane și nu drăguță, așa că nu mă mai numi astfel, replică ea încruntându-se.

-Bine, nu e o problemă pentru mine, iubito, spuse el, iar de data aceasta, zâmbetul îi ajunse și la ochi.

Buzele îi tresăriră de plăcere când ea își strânse mâinile în pumni auzind noul termen de alint folosit de el.

-La naiba, omule, nu sunt iubita ta, este clar? îl admonestă ea.

OCHI ÎN ÎNTUNERIC

-Clar precum cristalul, nu te teme. Voi încerca să nu te mai numesc astfel, îi replică el. Sunt Adam pentru tine, spuse el, şi îşi aplecă capul făcând haz de ea.

-Pentru mine? Asta înseamnă că foloseşti mai multe nume? îl întrebă Diane uimită.

-Depinde de situaţie, admise el. Oricum, ai onoarea de a-mi folosi numele real. Nu este asta nemaipomenit? o întrebă el batjocoritor, iar o lumină jucăuşă îi dansă în pupilele întunecate.

-Oh, nu-mi fă nici o favoare. Pot trăi şi fără ele, se răsti ea, părăsind camera cu paşi iritaţi, spatele fiindu-i drept ca o lumânare.

-Sunt sigur că poţi, mormăi el pentru sine însuşi, în timp ce ea ieşi din încăpere.

CAPITOLUL 3

ADAM SE HOTĂRÂ SĂ O lase pe Diane în pace vreo jumătate de oră ca să se mai liniștească și își făcu de lucru cu propriile sale probleme. Diane fusese destul de înfuriată de cele spuse și se îndoia că în acel moment i-ar asculta cuvintele în mod rațional.

Spălă vasele adunate în chiuvetă, mintea lui întorcând pe toate părțile planurile pe care și le făcuse deja și trecând în revistă mental, una câte una, măsurile de securitate pe care trebuia să le aplice.

Când termină cu vasele, își aduse lucrurile din hambar în casă și se decise să le lase în bucătărie până ce ar fi avut o altă încăpere în care să le pună.

Adam intenționa să respecte partea lui din înțelegere și să o lase pe Diane să decidă care dormitor urma să fie al lui. Ea nu era inamicul lui și el nu își dorea ca ea să ajungă să-l dușmănească, chiar dacă lui îi făcea plăcere să o împungă mai mereu.

Știa că alegerea unui dormitor pentru el nu ar fi fost o hotărâre prea dificilă. Nu existau decât trei dormitoare în casă și ea deja se mutase într-unul. Trebuia numai să decidă dacă el urma să îl ia pe cel din stânga sau pe cel din dreapta.

Gândul îl făcu să zâmbească. Adam își imagină că acum Diane regreta că nu îl ascultase pe avocat cu mai mare atenție. Dacă l-ar fi ascultat, ar fi știut că urma să aibă companie și ar fi ales unul dintre celelalte dormitoare, nu pe cel din mijloc.

O văzuse la fereastră mai devreme când ea îl privea și ghicise care era camera ei. Mătușa ei îi dăduse un tur al casei când se întâlniseră cu câteva luni înainte de decesul ei și el memorase absolut totul.

Vechile obiceiuri întotdeauna mor greu. Fusese condiționat mai mulți ani să planifice și să memorizeze planurile clădirilor unde urma să locuiască, chiar și numai pentru câteva ore. Se îndoia că acel obicei i se va schimba vreodată. Precauția îi era intrată în sânge.

Îi plăcuse de bătrâna doamnă. Martha era o femeie foarte cumsecade, iar el se simțise comfortabil în prezența ei. Și ea îl plăcuse, spre deosebire de nepoata ei, care părea să detesteze efectiv pământul pe care călca el.

El petrecuse câteva săptămâni cu Martha, dar trebuise să plece pentru scurtă vreme ca să-și pună toate celelalte afaceri în ordine. Când ea a murit, el se găsea foarte departe. Avocatul l-a informat abia după citirea testamentului, iar el a avut senzația cp mai pierdut un membru de familie.

Martha Elgin era o altă persoană pe care trebuia să o răzbune. Decesul ei fusese considerat un accident, dar el știa mai bine. Momentul în care murise îi spunea absolut tot ce avea nevoie să știe.

Adam își scutură capul pentru a se descotorosi de gândurile sale negre. Trebuia să privească înainte și nu înapoi. Nu o mai putea aduce pe Martha înapoi la viață, dar putea să-și țină promisiunea și să aibă grijă de nepoata ei.

OCHI ÎN ÎNTUNERIC

Adam aruncă o provire la ceasul de la mână şi ridică o sprânceană. Dianei îi trebuise deja prea mult timp ca să îşi ostoiască mânia şi el nu intenţiona să-i mai ofere nici măcar un minut în plus.

Ieşi pe hol şi strigă:

-Diane, vino jos. Trebuie să discutăm unele lucruri. Nu am toată ziua la dispoziţie să aştept după tine.

Vocea îi era aspră, şi cu toate acestea, un zâmbet îi apăru pe buze când o uşă se trânti la etaj, iar Diane tropăi în jos pe scări.

Diane se opri pe o treaptă mai sus, înainte de a ajunge la piciorul scării, şi cu o mână proptită pe şold, se încruntă la el.

-Cine a murit şi te-a făcut pe tine şef? întrebă ea cu foc în voce.

El se mulţumi numai să ridice o sprânceană din nou şi refuză să-i răspundă. Dar în ciuda tăcerii lui, pomeţii Dianei se înroşiră când aceasta îşi dădu seama cât de insensibile îi erau cuvintele.

-În regulă, uită că am spus asta. Ce mai vrei acum? bombăni ea.

Dianei îi displăcea faptul că se comporta ca o adolescentă. Se părea că maturitatea îi dispăruse complet. Bărbatul acela o făcea să reacţioneze oribil, iar ea îşi pierdea controlul ori de câte ori i se adresa Adam.

-Mai întâi, un dormitor să-mi las lucrurile, iar mai apoi maşina ta, îi răspunse el scurt, nepoliticos.

Fără să-i mai aştepte răspunsul, se îndreptă spre bucătărie să-şi ia rucsacul şi pălăria de cowboy pe care le lăsase pe un scaun.

-Maşina mea? veni Diane după el în grabă. De ce ţi-aş da maşina mea? îl întrebă ea pe o voce uluită.

El îi igoră întrebarea şi îşi adună lucrurile cu gesturi leneşe. Numai după ce absolut totul se găsea în mâinile lui, privi înspre ea şi catadicsi să îi răspundă.

-Pentru că trebuie să mă întorc la maşina mea şi să iau lucrurile pe care le-am lăsat în portbagaj. Nu o să merg pe jos din nou atâtea mile, îi replică el pe un ton mai blând.

Nu distanţa îl deranja pe el. În viaţa sa anterioară, mărşăluise pe distanţe mai lungi de atâta, ba chiar şi alergase mai multe mile. Dar cu toate acestea, nu avea chef să-şi petreacă ziua mergând pe jos cinci mile spre locul unde îşi lăsase maşina, iar apoi cinci înapoi, cu restul bagajului său.

Nu avea o mulţime de lucruri, dar nu găsea că ar fi fost prea vesel să care o valiză prin pădure. Mai mult decât atât, nu dorea să stea departe de fermă prea mult timp.

Nici nu se punea problema să o lase pe Diane singură pe perioade lungi de timp. Se blestemase suficient când a auzit că s-a aflat singură acolo pentru înmormântare. Îngrijorarea sa şi dezgustul de sine crescuseră şi mai mult când nu a putut veni acolo imediat după ce ea s-a mutat în casa fermei.

-Te conduc eu, spuse ea şi se duse să îşi ia cheile de la maşină din geantă.

-Nu este nevoie, refuză el cu autoritate. Pot să conduc eu însumi încolo şi înapoi, fără nici un fel de probleme. Conduc de când aveam paisprezece ani.

-Paisprezece? Asta-i...

-Precoce, ştiu, o întrerupse Adam amuzat.

Ştia că ea vrusese să spună altceva şi zâmbi, iar zâmbetul lui captivant îşi făcu drum spre inima ei.

Nu, nu inima mea. La ce naiba mă gândesc? Nu îl consider altfel decât arogant, reflectă Diane.

OCHI ÎN ÎNTUNERIC

Își scutură bine mintea, iar apoi spuse:

-Nu are importanță. Nu te voi lăsa să-mi conduci mașina. Fie conduc eu, fie mergi pe jos. Tu alegi, încheie ea pe un ton care nu mai lăsa loc la nici un fel de negocieri.

Am crezut că este un fluturaș zăpăcit și ea pare să fie o baracudă, reflectă Adam cu nedumerire.

Nu-i plăcea când se înșela. Unele greșeli nu mai lăsau loc pentru altele.

Martha îi spusese că Diane era pictoriță. Pictorii trăiau cu mintea în nori, nu-i așa? Nu se presupunea că erau beligeranți.

-Foarte bine, *Încăpățânarea voastră*, spuse el și se înclină batjocoritor. Preia conducerea, mai continuă el cu un gest larg, după ce decise să își lase lucrurile în bucătărie. Cel puțin în cazul acesta, putem încerca să îmi pornesc mașina. Am niște cabluri în portbagaj cu care să alimentez bateria de la a ta.

Diane îl privi cu suspiciune, iar Adam îi consideră comportamentul foarte amuzant. Femeia îi dovedea că nu avea nici măcar un oscior naiv în trup.

Acel lucru îi cam putea strica planurile, pe termen lung, dar cel puțin, nu îl va plictisi până la lacrimi și în scurt timp.

De-a lungul acelor ultimi ani devenise cam indiferent față de femei, probabil pentru că întâlnise mereu un anumit gen de femeie. Rareori le refuza, dar o întâlnire era mai mult decât suficient.

-Te pot conduce la mașină, dar tu trebuie să-mi arăți unde ți s-a stricat mașina, Diane își întoarse spatele la el și ieși afară din casă.

CAPITOLUL 4

ADAM O URMĂREA PE DIANE conducând maşina şi îi admiră competenţa. Lua fiecare curbă cu precizie, deşi conducea cu viteză mai ridicată decât se obişnuia în mod normal pe drumurile acelea meandrate de munte.

-Ce este? întrebă ea, întorcându-şi capul spre el pentru o secundă. Te uiţi fix. Mi-au crescut cumva coarne brusc în creştetul capului sau ce? se răsti ea când remarcă zâmbetul agasant al lui Adam.

Diane era cu adevărat iritată. Bărbatul ştia să zâmbească. De fiecare dată când îi surâdea astfel, fluturii din abdomenul ei începeau să ţopăie veseli iar acel lucru era deconcertant. Nu putea înţelege defel de ce avea acea reacţie. Nu era numai o reacţie nouă pentru ea, dar era şi neliniştitoare.

Adam îi înceţoşa mintea şi îi trebuiau toate facultăţile mentale pentru a-i ţine piept. Avea senzaţia că omul ar profita şi ar călca-o complet în picioare altfel, iar ea nu ar fi suportat aşa ceva.

-Doar mă delectez cu peisajul, păpuşă, îi replică el cu un alt surâs.

-Diane, nu păpuşă, îţi aminteşti? mai că lătră ea la el din nou.

Trebuia să-l facă să renunţe la alinturi. De fiecare dată când folosea unul dintre acele cuvinte de alint stupide, inima ei proastă uita că era totul doar de faţadă şi bătea mai repede.

Presupun că e din cauza accentului sau pentru că tărăgănează cuvintele, reflectă ea.

Dar cu toate acestea ştia că depăşise vârsta la care astfel de lucruri ar fi avut puterea să o facă să se topească şi să îşi piardă bruma raţiunii.

Adam numai ridică din umeri cu indiferenţă şi replică:

-Ştii doar că vechile obiceiuri mor greu, Diane. Pari o femeie destul de proaspătă şi dulce şi asta mă face să te numesc păpuşă sau dulceaţă.

Ochii ei se lărgiră, iar ea şocată îl privi pentru un moment, uitând să se mai uite la drum. Maşina viră uşor la dreapta unde panta muntelui se înclina într-o vale adâncă.

-Priveşte nenorocitul de drum, femeie, urlă Adam şi ea ieşi din transă imediat şi îndreptă din nou volanul.

-Dacă promiţi să priveşti drumul, îţi promit să nu te mai numesc păpuşă, spuse el cu uşurare evidentă.

Pentru o clipă, şi văzuse maşina zburând în abisul de dincolo de marginea drumului, iar stomacul i se strânsese. Nu supravieţuise el gloanţelor şi bombelor pentru a-şi încheia viaţa ca un număr într-o statistică cu accidente de maşină.

-Sau dacă preferi, pot conduce eu însumi, aşa cum am propus de la început, continuă el să bodogăne, deşi destul de tare ca să fie auzit. Măcar atunci, aş ştii că voi ajunge viu la maşina mea.

-Pot conduce, protestă ea. A fost doar un moment de neatenţie, atâta tot, spuse ea pe un ton defensiv, iar roşeaţa i se întinse pe pomeţi, gât şi urechi.

OCHI ÎN ÎNTUNERIC

Diane ura să greşească în orice. În cartea ei, nu exista nici un loc pentru greşeli. Mama ei i-a repetat-o mereu ca să îi intre bine în cap.

Degetele i se încleştară pe volan şi îşi încleştă dinţii. Ar fi strigat de frustrare, dar nu dorea să-i dea satisfacţia de a vedea că a înfuriat-o într-atât de mult.

-O clipă este mai mult decât suficient, repică el cu foc. Cine naiba a avut ideea genială că femeile ar trebui să conducă? Cine naiba a decis să le dea carnet de conducere? întrebă el retoric, dându-şi ochii peste cap şi gesticulând cu gesturi largi.

-Eşti un porc şovin, observă ea, uitând de greşeala ei de mai devreme. Femeile conduc bine, chiar mai bine decât bărbaţii, dacă vrei să ştii, replică ea şi apăsă pe pedala de viteză numai pentru a-i arăta cât de mult greşea în presupunerile lui.

Niciodată nu dăduse înapoi de la o provocare, iar afirmaţiile lui o provocau şi încă bine. Diane ştia că se comporta copilăreşte, dar cu toate acestea nu îşi putea controla reacţiile când era cu el. Acesta era un lucru la care trebuia să reflecteze.

-Hei, Diane, hai să spunem că te cred. Nu este nevoie să mă ucizi numai ca să-ţi demonstrezi punctul de vedere, spuse el pe un ton conciliatoriu şi o bătu pe genunchi, ceea ce o făcu să tresară puternic.

Gestul lui a şocat-o şi maşina o luă din nou spre marginea drumului.

-Oh, Dumnezeule, femeie, icni el şi încercă să prindă volanul cu mâna stângă.

Ea efectiv mârâi la el şi viră maşina înapoi pe şosea, după ce i-a plesnit mâna. Apoi, a apăsat şi mai mult pe pedala de viteză.

Sprâncenele lui săriră în sus şi nu numai din cauza mârâitului ei. Se holbă la ea, fără să fie capabil să articuleze un cuvânt. Diane îl surprindea tot timpul.

Când drumul se lărgi puţin, ea trase maşina brusc pe marginea şoselei şi opri motorul. Mâinile îi tremurau pe volan, dar nu din cauza fricii.

Diane era atât de mânioasă că abia se stăpânea. Simţea dorinţa puternică de a îl lovi peste cap cu un obiect contondent şi acest lucru nu-i plăcea.

Niciodată nu se gândise că ar fi capabilă de astfel impulsuri. Nu era o persoană violentă, dar de când sosise el în curtea ei în noaptea trecută, trecuse prin furcile caudine.

-Ieşi din maşina mea acum, spuse ea pe un ton coborât şi ameninţător.

Sau ce, păpuşă? replică Adam pe muteşte, dar decise să încerce o altă cale cu ea.

Se întoarse spre ea şi o privi cu atenţie.

Şuviţele de păr arămiu care îi încadrau chipul femeii îl tentau. Degetele îl furnicau din cauza nevoii de a le îndepărta şi a-i atinge pielea.

-Acum ce mai este? întrebă el ca şi cum nu ar fi înţeles despre ce vorbea ea.

-Te-ai tot luat de mine din momentul în care ai sosit, urlă ea, uitând despre propria-i predică despre control şi reţinere. M-am săturat de purtarea ta macho şi de opiniile tale misogine. M-am săturat de tine, punct. Acum, ieşi din maşină, răcni ea şi mâinile ei mici se încleştară în pumni şi loviră volanul.

OCHI ÎN ÎNTUNERIC

Ar fi preferat să-l pocnească pe el, dar refuza să se coboare la atacuri fizice. Mai mult decât atât, nu ştia cum ar fi reacţionat el şi ea era destul de deşteaptă să-şi dea seama că nu ar fi avut sorţi de izbândă împotriva lui într-o competiţie de forţă brută.

-Da, ce să-ţi spun, rânji el la ea. Numai pentru că ţi-am arătat că ai deficienţe în conducerea maşinii, îşi scutură el capul. Diane, Diane, mi se pare că nu prea ştii cum să accepţi critica constructivă, dulceaţă, chiar şi atunci când aceasta este corectă. Nu poţi spune că nu erai pe punctul de a ne trimite acolo jos, şi încă de două ori, arătă el cu degetul mare spre panta muntelui.

Aruncă şi o privire spre valea care se întindea la fundul abisului şi se cutremură mental.

-Şi nu este o pantă prea blândă, ca să ştii, se gândi el să menţioneze şi îşi mai aruncă ochii încă o dată spre partea aceea a drumului.

La naiba, e drum lung până la fundul văii ăleia, remarcă el.

-Din cauza ta, nu din cauză că nu ştiu să conduc, idiotule, replică ea înfierbântată, iar de data aceasta, îl şi plesni peste braţ.

-Din cauza bietului de mine? întrebă el pe o voce inocentă, arătând cu degetul său mare spre pieptul său şi dând din gene cu exagerare.

-Ştii foarte bine ce ai făcut, replică ea pe un ton obosit.

Îşi strânse braţele în jurul său şi respiră adânc. Bătu din picior în podeaua maşinii cu nerăbdare, iar apoi repetă pe o voce calmă:

-Acum coboară. Ar trebui să fii destul de aproape de maşina ta. Eu voi fi acasă. Nu te aştepta să găseşti mâncare caldă când te întorci, continuă ea, privind drept în faţă.

Refuza să vadă care era părerea lui despre ea sau despre ce spusese.

Adam observă că Diane evita să-l privească şi o bucurie perversă i se strecură în suflet la gândul că putea să o scoată aşa uşor din fire. Acea bucurie dispăru destul de curând când îşi dădu seama că era serioasă.

Afurista asta de femeie chiar se aşteaptă să merg pe jos până la maşina mea stricată şi după aceea înapoi la fermă, se gândi el şi decise să-i acorde mai multă atenţie din acel moment. Diane se dovedea a fi mai dificilă decât se aşteptase. El crezuse că o va putea manevra cu uşurinţă.

-Poţi continua să visezi, fetiţo, pufni el. Dacă e nevoie, nu mă dau în lături de la a te lua pe sus şi a te arunca în spatele maşinii, Diane, spuse el, fixându-şi ochii îngheţaţi pe ea.

Diane îl privi şocată şi se cutremură când îi întâlni privirea. Ochii ei îi cercetară chipul şi inima i se strânse.

Chiar este serios. O va face. Oh, Doamne, acum ce mă fac?

-Mă ameninţi? decise ea să-l atace la rândul ei, chiar dacă vocea îi tremura puţin.

-Dacă este necesar, da. Ar trebui să ştii ceva despre mine, păpuşă...

-Ah! îl întrerupse ea cu un alt mârâit. În primul rând, ţi-am spus să nu-mi mai spui păpuşă, începu ea în forţă, dar el îşi ridică mâna şi o opri.

-Am spus că nu te voi mai numi astfel dacă vei fi atentă la şosea. Să-ţi reamintesc, *păpuşă*, că nu ai fost atentă la drum? observă el, numai ca să o zgândăre mai mult.

OCHI ÎN ÎNTUNERIC

Adam nu înțelegea de ce simțea nevoia să se ia de ea și de a o enerva. *Poate pentru că și ea mă înnebunește pe mine, și asta numai pentru că respiră,* recunoscu el, într-un scurt moment de onestitate cu sine însuși, dar îngropă gândul în subconștient imediat.

Nu își putea permite să gândească astfel. Priorităţile lui erau diferite. Mai mult decât atât, el nu era interesat într-o relaţie stabilă, iar Diane nu se încadra în tipul de femeie pe care o putea avea numai o noapte.

-Mi-ai atins piciorul, îl acuză ea, iar ochii ei verzi îl fulgerară.

-Și ce dacă? replică el neînțelegând care era problema. Nu te-a mai atins nici un alt bărbat? ridică el din umeri cu nonșalanță, ca și cum gestul lui nu ar fi fost deloc ieșit din comun.

Și nu era, recunoscu Diane, dar cu el, acel gest părea diferit și ei nu-i plăcea diferit. Prefera bărbații care nu o determinau să reflecteze prea mult la ei. Îi plăceau bărbații politicoși care înțelegeau să o lase în pace dacă își dorea să fie singură și care nu îndrăzneau să ia inițiativa și să îi dea ordine.

-Numai când am spus eu că aveau voie, îi răspunse ea cu dispreț. Iar ție nu ți-am dat voie să mă atingi, specifică ea pe un ton trufaș.

-Nu-mi spune că ai ieșit cu tipi care te-au întrebat frumos dacă aveau voie să-ți atingă mâna sau dacă te puteau săruta, exclamă el privind-o șocat.

-Nu că ar fi treaba ta, dar, așa cum am spus adineauri, prefer bărbații politicoși, reiteră ea, dând din cap emfatic.

-Mi-e teamă că faci o confuzie între un bărbat politicos şi un papă lapte, Diane. Un bărbat respectos se retrage dacă spui nu, dar sub nici o formă, absolut sub nici o formă, un bărbat cu sângele fierbinte nu ţi-ar cere permisiunea pentru fiecare atingere , îşi scutură el capul.

-Nu mă interesează ce ai tu de spus. Dispari, renunţă ea să mai discute. Mergi drept înainte şi o să dai de maşina ta, continuă ea, fluturându-şi mâna spre drum.

-Ai spus *în primul rând*, spuse Adam, de parcă ea nici măcar nu i-a cerut să plece.

-Şi ce dacă? îl privi ea nedumerită.

-Asta înseamnă că ai şi un *în al doilea rând*. Hai să auzim despre ce este vorba, propuse el.

Adam nu avea nici cea mai mică intenţie să iasă din maşină sau să o piardă din vedere. Plănuia să stea cât mai aproape de ea de-a lungul următorilor doi ani. Asta dacă planurile lui necesitau doi ani ca să prindă formă.

Chiar dacă prezenţa lui constantă o zgândărea, el avea o slujbă de făcut. Dorinţele ei veneau pe locul doi, ba chiar pe ultimul loc, în funcţie de circumstanţe.

-Am uitat ce am vrut să spun, îşi aruncă ea braţele în aer. Poftim, acum ştii. Şi acum ieşi din maşina mea, repetă ea pe un ton răutăcios.

-Eu nu am uitat, îi replică el. Îmi amintesc perfect, decise el să o lămurească. Eu am spus *'Ar trebui să ştii ceva despre mine, păpuşă'*, iar tu mi-ai replicat: *'În primul rând, ţi-am spus să nu mă mai numeşti păpuşă.'* Asta înseamnă clar că mai ai un *în al doilea rând*, încheie el cu veselie.

-Acum îmi amintesc, mulţumesc mult pentru că mi-ai amintit, îi replică ea cu sarcasm.

OCHI ÎN ÎNTUNERIC

Își încrucișă brațele sub sâni și mișcarea îi împinse în sus. Ochii lui se fixară pe ei în mai puțin de o nanosecundă.

-Intenționam să-ți spun că ceea ce cunosc despre tine este suficient. Nu am nevoie să aud mai mult, dădu ea din cap cu hotărâre.

-Ei bine, aici greșești tu, îi răspunse Adam pe un ton compătimitor, privind-o direct în ochi.

-Ce vrei să spui? întrebă ea, iar teama i se strecură în suflet.

-Vei avea suficient timp să afli destul de multe despre mine, îi răspunse el. Desigur, nu totul, recunoscu el. Nu sunt o carte deschisă, în fond. Iar primul lucru pe care o să-l afli este că nu sunt preș de șters picioarele, Diane, menționă el, ochii săi aruncând săgeți în ai ei. Nu poți să mă calci în picioare și să mă faci să fac sluj cu câteva cuvinte bine alese, păpușă. Eu sunt șeful, nu ca bărbații cu care ai ieșit până acum și pe care i-ai ținut în lesă, îi spuse el cu autoritate, iar apoi își ridică mâna când observă că voia să îl întrerupă. Nu te deranja să-mi răspunzi. Poți face ce vrei, atâta timp cât ceea ce vrei nu se bate cap în cap cu ce vreau eu, îi explică el pe un ton foarte realistic.

-Ești pur și simplu nebun, trase ea concluzia, iar ochii i se lărgiră din nou. Chiar crezi că îmi poți ordona ce să fac?

-Nu, își scutură el capul. Nu am de gând să-ți poruncesc. Pur și simplu îți spun cum stau lucrurile. Ceea ce spun eu este mai important, zise el pe un ton serios.

-În visele tale, uriașule, Diane spuse, fluturându-și mâna și dându-și ochii peste cap.

Brusc, atitudinea lui se schimbă. Ochii îi deveniră duri, iar el se aplecă spre ea.

-O să ignor cuvintele tale de data aceasta, răspunse Adam pe un ton coborât, pentru că știu că tu nu ești la curent cu tot ce știu eu. Dar ascultă-mă bine, Diane, și sunt al naibii de serios în privința asta, fată. Faci ce îți spun, și asta pentru ca să-ți fie ție bine.

-M-ai amenințat din nou, remarcă ea cu uimire și își scutură capul, nevenindu-i să-i creadă îndrăzneala.

-Nu e o amenințare, spuse el și o înșfăcă de braț, ceea ce o făcu să tresară din nou.

O urmă de frică apăru în pupilele ei și el o remarcă imediat. I se strânse inima la gândul că ea credea că ar fi fost capabil să o rănească.

-Nu vreau să te speriu, spuse el pe un ton egal. Nu trebuie să te temi de mine. Nu te voi răni, Diane, dar trebuie să mă asculți de acum încolo și trebuie să mă asculți bine. Mătușa ta nu m-a adus în apropierea ta doar că să îți facă o farsă, continuă el să-i explice. A avut un motiv serios. Ești o femeie inteligentă, din câte pot să-mi dau seama. Gândește înainte să faci ceva nerezonabil.

Diane doar se holbă la el. Degetele lui îi ardeau pielea, iar cuvintele lui o șocau.

-Ce vrei să spui? întrebă ea abia auzit.

Poate că nu voia el să o sperie, dar rezultatul acțiunilor și cuvintelor lui era același.

-Nu e momentul acum. Vom discuta despre toate acestea mai încolo, își scutură el capul. Trebuie doar să știi că prezența mea aici este necesară, iar cooperarea ta este imperativă, decise el să-i spună.

OCHI ÎN ÎNTUNERIC

-Oh, nu, nu scapi cu atât, își smulse ea brațul din strânsoarea lui. Fie îmi spui absolut totul, fie fac ce cred eu de cuviință, ceea ce vreau, și la naiba cu restul, spuse ea.

Încăpățânarea îi era vizibil scrisă pe chipul ei, iar ochii ei verzi aruncau scântei rebele.

Adam oftă profund și se rugă să i se dea răbdarea să o suporte. Decise să încheie acea discuție și îi oferi o creangă de măslin.

-Bine, uite, conduci tu pe moment. Hai, continuă, cred că suntem aproape de locul unde mi-am lăsat mașina.

Diane vru să insiste, dar îi remarcă trăsăturile obosite și se opri. Învârti cheia în contact, iar apoi conduse mașina fiind atentă la drum, pentru ca să nu-i mai dea ocazia să o critice.

CAPITOLUL 5

ADAM ÎŞI GĂSI MAŞINA exact unde o lăsase. Cu satisfacţie, observă că nimeni nu o atinsese.

Lăsase semne distinctive şi putea vedea că nu fuseseră deranjate, cu o singură excepţie. Probabil că un animal se căţărase pe capotă şi se jucase cu ştergătoarele de parbriz, pentru că altfel, dacă cineva din specia umană i-ar fi verificat maşina, celelalte semne pe care le instalase ar fi fost şi ele deranjate.

Ochii Dianei urmăreau fiecare mişcare a lui Adam. După cele spuse în maşină mai devreme, femeia se hotărâse că era cazul să îşi ţină ochii larg deschişi. Ceva clar se întâmpla şi, cu siguranţă, nu era ceva de bine.

Nu ştia dacă putea avea sau nu încredere în Adam. Dar mătuşa ei arătase că avea încredere în el, iar Diane ştia foarte bine că niciodată nimeni nu a putut să o ia pe Martha de fraieră. Putea să miroasă un ticălos mai rapid decât un câine de vânătoare.

Curiozitatea îi lumină verdele ochilor, iar dinţii i se înfipseră în buza sa inferioară din cauza concentrării. Îşi frecă mâinile îngrijorată, în acelaşi timp urmărind mişcările revelatoare ale lui Adam, care dădea târcoale maşinii.

Adam îi aruncă o privire. Femeia îl amuza, dar, în acelaşi timp, îi atingea şi inima. Putea să citească absolut totul pe chipul ei, iar acel gând îi aduse un zâmbet pe buze.

-Ce faci? îl întrebă ea cu nerăbdare, nemaiputând să-şi ţină curiozitatea în frâu.

-Doar mă asigur că nimeni nu s-a atins de maşina mea, îi răspunse Adam, ridicând din umeri.

După ce-i răspunse, se ghemui lângă maşină şi verifică şi dedesubt. Satisfăcut că nu fuseseră ataşate pe nicăieri nici un fel de dispozitive, se ridică şi-i spuse:

-Am nişte cabluri de baterie în portbagaj, după cum ţi-am mai spus. Crezi că putem încerca să-mi pornesc maşina?

-Da, desigur. În acest fel, îmi vei lăsa maşina mea în pace, îi replică Diane pe un ton răutăcios. Nu e ca şi cum ar trebui să stăm lipiţi unul de altul permanent.

-Nu conta pe chestia asta, îi replică Adam pe o voce liniştită şi îşi deschise portbagajul.

Nu era nevoie să se uite la ea ca să ştie că răspunsul lui o înfuriase. Tensiunea ei era aproape palpabilă şi îl învăluia din toate direcţiile. *De parcă mi-ar păsa*, reflectă el.

Se întoarse în faţa maşinii cu o pereche de cabluri şi o găsi în acelaşi loc unde o lăsase. Nu se mişcase deloc. O încruntătură teribilă îi marca trăsăturile, iar pumnii îi erau strânşi atât de tare încât i se albiseră încheieturile degetelor.

-De ce nu îţi ridici capota? o întrebă el pe un ton blând.

Adam nu dorea să o facă să-l urască pentru că avea nevoie de cooperarea ei pe termen lung. Diane doar îi aruncă o privire dură câteva secunde, iar apoi, se întoarse cu mişcări rigide şi se îndreptă spre portiera maşinii ei pentru a deschide capota.

Au lucrat în echipă câteva minute, iar munca le-a fost recompensată curând. Atât Adam cât şi Diane izbucniră în urale când motorul maşinii lui începu să toarcă.

S-au felicitat reciproc şi au râs fericiţi împreună, pentru prima dată pe aceeaşi lungime de undă. Se aflau tot în armistiţiu când au pornit pe drumul spre casă, lăsând neînţelegerile la o parte pentru scurta perioadă de timp în care au împărtăşit acel succes. Nici unul dintre ei nu se minţea pe sine. Ştiau că acel armistiţiu era temporar şi nu va dura prea mult timp.

DIANE ÎŞI PARCĂ MAŞINA în spatele maşinii lui şi îi opri motorul. Înhăţă cheile şi ieşi din maşină, dar apoi efectiv îngheţă cu mâna pe portieră.

Adam deja scosese o valiză din portbagajul său, iar acum tocmai scotea două carabine.

Ce naiba face cu o carabină? Nu, nu una, ci două. Este dus cu pluta, sau ce? E înnebunit după arme?

Adam îi aruncă o privire şi surâse. Ghicise de ce arăta atât de îngrijorată. Ca întotdeauna, chipul ei îi reflecta gândurile.

-Se apropie sezonul de vânat, îi explică el prezenţa carabinelor cu nonşalanţă.

De parcă aş ştii ce sezon este. Ha! Deşi, dacă stau şi mă gândesc mai bine, am venit aici să vânez pe cineva, aşa că...

-Nu ştiu nimic despre nici un sezon de vânătoare, replică Diane cu o voce tremurătoare, dar chiar ai nevoie de două carabine? Şi nu-mi spune că vrei să-l omori pe Bugs Bunny sau pe Bambi, strigă ea la el, regăsindu-şi curajul.

Adam își dădu ochii peste cap. *Bugs Bunny? Bambi? Câți ani ai? Ai cumva doi ani?*

-Nu aș fi crezut că încă privești desene animate la vârsta ta. Aș fi crezut că ai trecut de grădiniță deja, își scutură el capul. Ți-aș fi adus o păpușă Barbie dacă aș fi știut, continuă el cu sarcasm mușcător.

Diane își arătă dinții la cuvintele lui, iar gestul ei îi făcu să râdă din toată inima. Într-adevăr, îi făcea mare plăcere să o provoace.

-Nu te teme, nu-l voi împușca pe Bugs Bunny, Daffy Duck sau Bambi. Sunt antrenat pentru vânat mai mare, îi făcu el cu ochiul.

-Nu-mi pasă pentru ce ești antrenat, se răsti Diane la el. Ești un ucigaș, îl acuză ea încruntându-se.

-Mda, ai dreptate aici, îi replică Adam pe o voce serioasă, iar lumina din ochii săi dispăru complet, ceea ce o îngheță până în străfundurile inimii.

Adam se întoarse și își duse valiza și carabinele în casă. Diane, rămasă nemișcată pe loc, îl privi, iar un presentiment sumbru i se strecură în minte. Felul în care el se pronunțase nu lăsa loc la interpretări.

Îmi împart casa și viața cu un ucigaș, reflectă ea, iar mâinile începură să-i tremure. *Ce Dumnezeu ai avut în cap, mătușică?*

Diane își forță picioarele să se miște și cu anxietate se opri în dreptul portbagajului deschis al mașinii lui Adam. Aruncă o privire înăuntru, iar ochii mai că-i ieșiră din orbite.

CAPITOLUL 6

-CE VÂNEZI CU GRENADE? îl întrebă ea pe o voce nesigură.

Diane se sprijini de tocul uşii pentru a putea rămâne în picioare. Când văzuse cutia cu grenadele aliniate în găurile lor micuţe, precum soldăţeii, aproape că leşinase. Nu mai văzuse grenade decât în filme, iar aceasta cu ceva timp în urmă, pentru că nu prea se omora după filmele de război.

Adam se întoarse spre ea încet, iar ochii lui păreau două lacuri întunecate, de nedesluşit. Îşi aplecă capul pe o parte, iar privirea baleie peste întregul ei corp de la vârful capului şi până la vârful cizmelor ei.

Ţinuta lui Adam o înspăimânta. Bărbatul părea o panteră pregătită să îi sară la jugulară şi să-şi înfigă dinţii în gâtul ei.

Puterea lui latentă, precum şi secretele din ochii lui, îi zgândărea nervii şi o făcea să se gândească la lucruri interzise.

Trebuie să te aduni, măi fată, se admonestă ea însăşi. *Acesta este genul de bărbat de care trebuie să stai deoparte, foarte departe. Uită de bicepşii aceia care te-au făcut să salivezi azi dimineaţă.*

Diane își scutură capul ca să îndepărteze acele gânduri nebunești și se îndreptă spre masa din bucătărie unde se lăsă să cadă pe un scaun. Nu credea că mai putea să se țină pe picioare nici măcar o secundă.

Ziua aceea nu-i dăduse nici un moment de relaș. Se simțea amețită și tremura din toate încheieturile.

-Acelea sunt pentru vânat mare, îi răspunse Adam cu nonșalanță.

Un surâs îi apăru în colțul gurii, dându-i aparența unei pramatii. Dar cu toate acestea, ochii îi păstrau aceeași asprime.

Lui Diane îi era teamă să îl întrebe ce voia să spună, dar trebuia să înțeleagă ce se întâmpla. Cu siguranță nu venise acolo numai ca să o necăjească pe ea.

-Ai un nenorocit de arsenal cu tine, Adam, spuse ea și gesticulă spre carabinele pe care le lăsase pe masa din bucătărie. Vorba ceea, două carabine și o ladă cu grenade, continuă ea.

-Și când te gândești că încă nu ai văzut totul, îi replică Adam pe un ton blând și își flexă umerii pentru a-și mai ostoi durerile resimțite în mușchi.

Ultimele câteva zile nu fuseseră prea ușoare pentru el. Nici faptul că dormise în hambar în noaptea precedentă nu îl ajutase prea mult.

-Ce vrei să spui? se îndreptă ea brusc.

Era sigură că în sfârșit va ajunge la chestiile interesante acum.

-Vreau să spun că sunt pregătit pentru orice. Ceea ce ai văzut este numai vârful icebergului, Diane, îi răspunse el cu o ridicare din umeri.

-Vrei să spui că mai ai alte arme în mașină? îl întrebă ea cu ochii mari.

OCHI ÎN ÎNTUNERIC

El dădu din cap scurt și aşteptă să vadă ce mai avea Diane de gând să spună sau să facă. El unul nu mai îndrăznea să-i ghicească reacțiile. Femeia se dovedise destul de imprevizibilă până atunci.

-Înțeleg, şopti ea și se holbă la el. Dar de ce? întrebă ea. Rar vin animale sălbatice pe aici, să ştii. Dacă nu te bagi în calea lor, te lasă în pace. Nu ai nevoie de... o carabină sau grenadă pentru ele, îi explică ea cu răbdare.

Adam râse în hohote. Râsul îi era urât și îi rănea urechile. Diane tresări vizibil.

-Ce este atât de amuzant? întrebă ea, scoasă din pepeni.

-Tu, Diane, tu eşti amuzantă, îi spuse el și veni spre ea.

Sub ochii ei precauţi, degetul său mare îi împinse uşor în sus maxilarul. Atingerea se simțea mai curând ca o mângâiere, iar o senzație necunoscută îi jucă Dianei în partea de jos a abdomenului.

-De ce? întrebă ea şoptit, nefiind capabilă să vorbească normal.

-Pentru că tot presupui diverse lucruri, ridică el din umeri, iar degetul lui mare îi trasă linia maxilarului într-o manieră absentă.

Apoi, se întoarse și ieşi pentru a se duce înapoi la maşina lui. Diane îl urmări cu ochii mari.

Dorea să insiste să primească răspunsuri concrete din partea lui, dar era prea zdruncinată. Decise că era mai bine să îl aştepte în casă.

Adam se întoarse cu două genți de pânză groasă, fiecare pe câte un umăr, iar apoi îşi luă valiza pe care o lăsase lângă masă. Se îndreptă spre etaj către dormitorul pe care ea i-l alocase.

Diane observă că-şi lăsase carabinele în bucătărie şi privi spre arme cu neîncredere.

Întotdeauna fusese o pacifistă şi efectiv nu putea suferi nici un fel de puşti. Ura ceea ce oamenii le puteau face altora cu ajutorul unei arme.

Paşii lui grăbiţi în jos pe scări o aduseră înapoi la realitate, făcând-o să uite de gândurile sale. Privi spre uşa de la bucătărie. Adam intră în încăpere şi luă una dintre carabinele pe care le lăsase în urmă şi, sub ochii ei uluiţi, o ascunse sub chiuvetă.

-Ce faci? strigă ea.

Nu şi-ar fi putut opri strigătul nici dacă ar fi vrut.

-Pregătiri, răspunse el scurt şi înhăţă a doua carabină şi ieşi în hol.

De data aceasta, Diane îl urmări îndeaproape, şi când îl ajunse din urmă îl văzu ascunzând carabina în suportul de umbrele.

-Te pregăteşti pentru ce? strigă ea exasperată, aruncându-şi mâinile în aer. Vreau adevărul şi îl vreau acum, continuă ea şi plesni peretele din dreapta ei.

Adam se întoarse spre ea şi o străpunse cu privirea. Diane avu impresia că a privit-o îndelung şi începu să se agite sub privirea lui deconcertantă.

-Vrei adevărul, spuse el cu blândeţe. Ei bine, am să-ţi spun adevărul, decise el. Cred că am putea bea şi o cafea în timp ce îţi dezvălui cum stau lucrurile. Tu ce părere ai? o întrebă el şi se întoarse cu paşi mari spre bucătărie.

Adam nu se uită în urmă. Ştia că îl va urma pentru că îi văzuse curiozitatea. Ochii ei se lărgiseră şi pupilele i se dilataseră.

OCHI ÎN ÎNTUNERIC

-Ia loc, o invită el, dar nu se întoarse spre ea să vadă dacă i-a urmat invitația.

Adam se duse la cafetieră și o umplu cu apă. Căută prin câteva dulapuri până ce găsi cafeaua și filtrele.

Pregăti totul cu gesturi măsurate și nu se agită deloc sub privirea pătrunzătoare a Dianei, chiar dacă ochii ei erau ațintiți fără milă pe spatele lui.

-Unde e zahărul? o întrebă el. Presupun că bei cafeaua cu zahăr, spuse el privind spre ea, iar una din sprâncene i se ridică interogativ.

-De fapt nu, își scutură ea capul. Prefer cafeaua neagră și neîndulcită.

-Bun, și eu la fel, spuse el și, în sfârșit, îi întoarse din nou spatele. Aproape că nu mai ai deloc cafea, observă el, iar apoi, deschise frigiderul.

Adam aruncă o privire în fridiger și se strâmbă vizibil. Închise ușa și se întoarse din nou spre ea.

-Nu mai sunt nici ouă, nici bacon, doar niște buruieni și o roșie, acuză el. Care ți-era intenția? Să mori de foame?

Diane ridică din umeri cu grație și pretinse că era ocupată să adune niște scame de pe haine.

Tăcerea se întinse mai multe secunde, iar apoi, ea îi răspunse liniștit:

-Nu m-am gândit că vei veni și tu aici.

Brusc, își ridică privirea spre el și se încruntă.

-Acelea nu sunt buruieni. Este salată, își susținu ea alegerile culinare.

El se încruntă și își puse mâinile pe șolduri.

-Mâncare pentru iepuri sau rațe, poate, dar în mod sigur nu pentru mine. Nu mă deranjează o buruiană sau două într-un sendviș, dacă restul șterge orice urmă a gustului lor, dar altfel... spuse el și își scutură capul.

Diane zâmbi și observă amuzată:

-Bănuiesc că ești genul de tip care preferă o friptură.

-Aici ai dreptate, îi aprobă el evaluarea. Va trebui să mergem la cumpărături, decise el imediat, pentru că nu se simțea capabil să postească până a doua zi.

-Nu merg nicăieri azi, refuză Diane, scuturându-și capul. A avut suficientă agitație pe aici astăzi și nu am chef să merg în oraș chiar acum.

-Nu te pot lăsa singură aici, spuse el pe un ton aspru care nu lăsa defel loc la argumente, fără să îi ia în seamă vorbele.

-Am fost singură până acum, spuse ea cu încăpățânare, neimpresionată de autoritatea tonului lui.

-Ei bine, acum nu mai ești, îi reaminti Adam pe un ton pragmatic.

-Nu, nu merg la cumpărături în după-masa aceasta, repetă ea pe o voce mai puternică. Doar nu sântem legați unul de altul, Adam. Probabil că trebuie să te accept în casă, dar aceasta nu înseamnă că îmi voi da viața peste cap din cauza dictatelor tale, își scutură ea capul cu vehemență, iar părul îi săltă plin de viață și-i luă bărbatului răsuflarea.

Adam se scutură mental, iar apoi îi analiză comportamentul încăpățânat. Din reflex, își flexă degetele, și iar se rugă să i se dea răbdare.

-Văd că acum trebuie să-ți spun adevărul, trase el concluzia și își frecă șaua nasului.

OCHI ÎN ÎNTUNERIC

Pe nepusă masă, se simţea obosit. Era aproape epuizat după ultimele zile pe care le petrecuse traversând ţara cu maşina, cu numai trei sau patru ore de somn pe noapte.

De asemenea fusese prea îngirjorat de ce putea să i se întâmple Dianei dacă nu ar fi ajuns acolo la timp.

Cu toate acestea, nu putuse să ia un avion, nu cu arsenalul de care avea nevoie. Dacă ar fi renunţat la arme, rezultatul ar fi fost acelaşi.

În plus, petrecuse noaptea precedentă în hambarul ei, iar aceasta după un marş de cinci mile şi o pândă de câteva ore bune.

Nici duelarea verbală cu Diane nu fusese o plimbare la iarbă verde, deşi îi condimentase ziua într-un fel plăcut. Femeia îl menţinea alert tot timpul şi nu îi displăcea să se ciondănească cu ea. Era înviorător.

-Mi-ar place să aud adevărul, replică Diane când îşi dădu seama că Adam se pierduse în gândurile sale.

Deja aşteptase câteva minute, dar Adam păruse scufundat în propria lui lume, ceea ce nu părea să îi stea în caracter sau, cel puţin, nu se potrivea cu ce aflase până atunci despre el.

-Poftim? întrebă el absent, frecându-şi faţa cu vârfurile degetelor.

-Adevărul, îi indică Diane. Ai spus ceva de genul ăsta. Că-mi vei spune adevărul, îi reaminti ea subiectul discuţiei.

-Da, am spus, aprobă el dând din cap. Numai o secundă, cafeaua este gata, îşi amână el explicaţiile când aburul de la cafetieră îi ajunse la nas şi îi îndepărtă zăpăceala.

Adam umplu două căni cu vârf și le aduse la masă. Lăsă una pe masă în fața lui Diane, iar apoi se așeză pe un scaun vis a vis de ea, în așa fel încât să o poată ține sub observație. De acolo putea să ia notă la toate emoțiile ce se perindau pe chipul ei.

-Sunt aici cu o misiune, mărturisi el, privind-o drept în ochi și înconjură cana cu degetele pentru ca fierbințeala cafelei să-i pătrundă în piele. Mătușa ta a fost amenințată de câteva ori când nu a acceptat să vândă pământul, îi dezvălui el brutal.

Ochii Dianei se lărgiră, iar gura i se deschise într-un *wow* mut.

-Închide gura, dulceață, spuse Adam din obișnuință. Ai vrut să știi adevărul, iar asta vei primi. Dar nu vreau nici un fel de istericale sau chestii de genul acesta, o avertiză el pe un ton dur, ochii săi fixându-se pe ea într-o manieră enervantă.

-Nu am obiceiul să devin isterică, îi replică ea supărată, dar vocea ei atinse o notă mai ridicată decât în mod obișnuit, ceea ce, într-un fel, îi contrazicea spusele.

Ca și cum! Maică-mea mi-ar fi luat un strat de piele de pe mine pentru un simplu acces de furie, îl înfruntă ea pe tăcute.

-Bun, atunci. Dă-mi voie să continui. Unele dintre acele amenințări s-au materializat, dar Martha tot nu a acceptat să vândă. Nu-i plăcea ce doreau oamenii aceia să facă pe pământul ei, dar, mai mult decât atât, înțeleg că ferma se găsea în familia ei de cinci sau șase generații, ridică el din umeri și sorbi din cana sa.

Diane aprobă cu o mișcare a capului și de asemenea luă o gură din cafeaua ei. Era însetată și avea nevoie și de tăria cafelei pentru ca să facă față povestirii lui.

OCHI ÎN ÎNTUNERIC

Într-adevăr, ferma fusese în familia lor de foarte mult timp. Bunica ei nu a vrut să aibă nimic de-a face cu ea. Se simţea sufocată acolo şi voia să îşi facă o viaţă în oraş. Urăse munca la fermă.

Mătuşa Martha fusese ultima care rămăsese acolo. Avusese grijă de vite cât timp au ţinut-o puterile.

Cum nu s-a măritat niciodată, nu a avut copii să o ajute, iar cu vreo două decenii în urmă a decis să se oprească şi să nu mai muncească din greu. A vândut animalele şi tot ce era legat de creşterea vitelor.

Trăia frugal din beneficiile propriei grădini de legume şi îşi închiria pământul vecinilor pentru a-şi rotunji venitul, dar niciodată nu acceptase să vândă.

-Ultima ameninţare pe care a primit-o Martha a fost o ameninţare la viaţa ei. Ştia că se vor ţine de cuvânt. Cu toate acestea, a dorit să se asigure că tu vei primi ferma şi că vei avea o bună situaţie. Apoi, a început să caute ajutor şi m-a găsit pe mine, a spus el gânditor. Sau mai bine spus, ne-am găsit unul pe celălalt, spuse el aproape şoptit, ca pentru sine.

-Cum aşa? întrebă ea pe o voce nedumerită.

-Nu este necesar să intrăm în viaţa mea personală, îi desconsideră el curiozitatea. Dar hai să spunem că duşmanii mătuşii tale sunt şi inamicii mei. Ştia că sunt hotărât să... mă ocup de ei, iar ea avea nevoie de cineva ca mine ca să aibă grijă de tine, spuse el foarte pragmatic, gesticulând în acelaşi timp.

-Vrei să spui că eşti aici pentru mine? întrebă ea, iar cinismul i se simţi în voce şi ochii ei se luminară cu neîncredere.

-Parţial da. Dar sunt aici mai ales pentru că trebuie să i-o plătesc cuiva şi pentru că i-am promis Marthei, îi răspunse el, ridicând din umeri, nepăsându-i de neîncrederea ei.

Apoi, îşi luă cana de cafea şi bău tot lichidul până la ultima picătură.

Puse cana pe masă, bătând darabana cu degetele pe suprafaţa mesei câteva secunde, iar apoi o întrebă:

-De cât timp ai nevoie ca să te faci gata ca să mergem în oraş?

-Nu voi merge în oraş, replică ea şi îşi scutură şi capul cu încăpăţânare. Ţi-am spus deja că mi-a fost suficient pe ziua de azi.

-Nu poţi sta aici singură, o contrazise el.

-La naiba, nu pot. Stai numai să vezi, spuse ea şi, împingând cana deoparte, o porni spre uşă.

-Nu te pot lăsa aici singură, se ridică Adam în picioare.

-Să îţi reamintesc că am fost singură aici înainte să vii tu? îl întrebă Diane, întorcându-se spre el. Nu mi se va întâmpla nimic până ce te întorci tu din oraş, refuză ea să cedeze. O să trag un pui de somn, îl anunţă ea şi plecă.

Adam nu se simţea deloc comfortabil să o lase singură. Aveau nevoie de mâncare şi cafea, dar el avea şi mai multă nevoie să ştie că ea se găsea în siguranţă.

-Îmi promiţi că vei sta în camera ta? strigă el, luându-se după ea.

-Nu sunt copil mic, se întoarse ea spre el, ţinându-se cu o mână de balustrada scării.

-Nu, nu eşti, mormăi el pentru propriile lui urechi.

Desigur că remarcase că era departe de a fi copil şi acesta era de altfel blestemul vieţii lui.

OCHI ÎN ÎNTUNERIC

-Ar fi mai uşor dacă ai fi, replică el cu voce tare. Pur şi simplu aş putea să te pedepsesc să stai în camera ta. Diane, stai în siguranţă şi rămâi în casă. Nu ieşi afară până ce mă întorc. Nu este de glumă, spuse el aspru, şi îşi fixă ochii duri pe ai ei.

Diane doar îl privi, iar apoi dădu din cap că a înţeles. Îi întoarse spatele şi alergă în sus pe scări, simţindu-i ochii lipiţi de spatele ei până ce a ajuns pe palier.

CAPITOLUL 7

DIANE CHIAR A ÎNCERCAT să doarmă. Era epuizată, dar mintea ei nu îşi găsea odihna şi sărea de la o idee la alta. Apariţia lui Adam şi tot ce a urmat după aceea o marcaseră teribil.

Lovi perna cu pumnul sperând să o facă mai comfortabilă, dar cu toate acestea nu reuşi.

Apoi încercă să-şi determine muşchii să se relaxeze folosind o tehnică de relaxare pe care o învăţase într-una din clasele ei de yoga.

Ochii i se închiseră şi, cu un oftat uşor, se predă somnului. Muşchii i se relaxară complet, dar cu toate acestea mintea continua să se agite şi îi au parte de vise neliniştitoare.

După vreo oră şi jumătate, Diane se trezi tresărind. Un zgomot îi ajunsese la urechi şi îi deranjase somnul agitat. Se ridică în şezut şi ascultă cu atenţie.

Mda, ăsta-i zgomotul. Probabil, vântul a zburat uşa de la hambar, se gândi ea şi coborî din pat, intenţionând să iasă şi să lege uşa care scârţâia.

Diane îşi trase cizmele şi se ridică în picioare. Doar în acel moment, ea ezită. Adam îi spusese să stea unde se afla şi să nu părăsească casa, iar ea se simţea într-un fel vinovată că nu-l asculta.

S-ar putea să aibă dreptate, admise ea şi reflectă puţin mai mult asupra situaţiei. *Nu, cred că vrea numai să mă sperie ca să nu pun întrebări despre el, despre prezenţa lui aici şi... alte lucruri personale*, trase ea concluzia şi se decise să nu ţină cont de avertizările sale şi ieşi din cameră.

Pe la jumătatea scărilor, se opri. *Şi dacă nu m-a minţit?*

Începu să bată darabana cu degetele pe balustradă, reflectând la cele spuse de Adam mai devreme.

Nu, povestea lui este prea ieşită din comun. Prea multă capă şi spadă şi tot soiul de intrigi, îşi scutură ea capul şi continuă să coboare scările.

Diane ieşi din casă şi se opri pe verandă. Cu picioare larg desfăcute şi cu mâinile pe şolduri, mătură curtea cu privirea.

Într-adevăr vântul se înteţise şi frunze dansau peste tot în aer. Toamna venea mereu mai devreme în munţi.

Uşa de la hambar se trântise de perete şi vântul o mişca neîncetat. Balamaua scârţâia de fiecare dată când uşa se mişca, iar Diane se crispă. Trebuia să facă ceva cu acea balama. Nu o mai suporta.

Ei bine, nu chiar acum, se gândi ea. *Nici măcar nu ştiu ce ar trebui să folosesc*, se strâmbă ea. *Eh, voi vedea. Pe moment, voi lega uşa pentru ca vântul să nu o mai mişte*, decise ea şi se îndreptă spre hambar cu paşi mari. *Trebuie să fie vreo frânghie sau ceva similar în hambar*, se gândi ea.

Diane ajunse la hambar şi intră înăuntru să se uite după o frânghie. Abia intrase înăuntru că simţi o mişcare în stânga ei şi i se făcu pielea ca de găină de frică. Era înspăimântată de ce o pândea din umbră.

OCHI ÎN ÎNTUNERIC

Se întoarse să vadă ce era acolo, dar nu se mișcă suficient de rapid. Ceva o lovi peste cap și căzu cu fața în jos pe podeaua mizerabilă a hambarului.

Până la urmă, Adam a avut dreptate, mai apucă ea să gândească înainte să-și piardă cunoștința.

Când își reveni, mâinile îi erau deja legate la spate și cineva îi înconjura o frânghie în jurul gleznelor. Mintea îi înghețá complet și orice gând de a se apăra dispăru în neant.

Simți că cineva s-a ridicat în picioare lângă ea și își ținu ochii închiși prefăcându-se că era în continuare leșinată.

Poate mă vor lăsa în pace dacă vor crede că nu îi pot vedea sau identifica, raționă ea, dar inima i se făcuse deja mică precum un purice. Nu fusese niciodată într-o astfel de situație înfricoșătoare și nu știa ce să facă sau cum să reacționeze.

Nu putea vedea cine era cu ea în hambar, dar putea simți mișcare. Cel puțin doi sau chiar trei oameni se mișcau în jurul ei. Sunetul pașilor lor îi spuse că în sfârșit au făcut stânga împrejur și au ieșit din hambar.

-Ideea mea a avut succes, unul dintre ei spuse pe drumul spre ieșire.

-Da, da, da, îi replică altul cu amărăciune. Știm, doară ne-ai spus asta de două ori înainte, îl admonestă el.

Ușa de la hambar se închise după ei cu zgomot. Sunetul unui lacăt blocat ajunse la urechile Dianei, iar ochii ei se deschiseră larg. Groaza i se întinsese pe față. Situația nu era prea bună pentru ea.

Bărbații continuau să vorbească afară și vocile lor ajungeau până la ea.

-Şi ce dacă, pufni cel care vorbise primul. Am avut dreptate când am spus că trebuia să aşteptăm mai jos pe şosea până ce unul dintre ei va pleca. Iar acum o terminăm pe ea şi avem şi un ţap ispăşitor convenabil. Vor crede că tipul acela a ucis-o. Ne descotorosim de amândoi dintr-o singură mişcare şi asta mulţumită mie, se umflă el în pene.

Diane se gândi că se refereau la Adam. *Vor ca el să fie ţapul ispăşitor, dar pentru ce?* se întrebă ea, dar nu-i veni nici o idee.

În câteva clipe, i se dădu brusc răspunsul. Nările i se umplură cu mirosul de benzină. Auzi apoi cum pereţii de lemn ai hambarului erau împroşcaţi cu benzină din plin.

Speriată, chiar scoasă din minţi de spaimă, privi disperată în jur să găsească un mijloc de scăpare.

Hambarul era aproape în întuneric. O fâşie de lumină venea prin două panouri de lemn unde timpul şi elementele naturii erodaseră lemnul. Nu că ar fi ajutat-o prea mult.

Nimic nu o putea ajuta pe moment, cel mult un miracol. Se cutremură, iar sfoara din jurul încheieturilor şi gleznelor muşcă din pielea ei. Era atât de înspăimântată, încât stomacul începu să i se agite din cauza presentimentelor negre. Lacrimi începură să-i curgă pe obraji, spălându-i praful de pe faţă, iar pielea o ustura din cauza sării din ele.

Diane făcu efortul să-şi păstreze capacitatea de gândire şi să nu cedeze în faţa terorii. Avea nevoie de ceva cu care să poată tăia legăturile şi asta rapid, pentru că timpul ei aproape că zburase.

Apoi, timpul i se termină şi ea strigă. Scrâşnetul flăcărilor cuprinse hambarul în întregime. Inima i se opri pentru o clipă sau două şi ea îşi muşcă buza de jos, uitându-se în jur înnebunită să găsească ceva care să-i folosească.

OCHI ÎN ÎNTUNERIC

Limbile flăcărilor care se ridicau o ajutau să vadă mai mult din interiorul hambarului.

Nu că flăcările ar fi un lucru bun, Diane. Oh, Doamne, îmi pierd mintea. Trebuie să fac ceva și acum, se gândi ea, privind flăcările ce lingeau pământul în drumul lor spre ea.

Lacrimile îi inundară ochii și neajutorarea o strangula. Degetele îi tremurau și își mușcă buza inferioară din nou.

CAPITOLUL 8

ADAM VĂZU FLĂCĂRILE printre copacii ce mărgineau drumul şi urlă din cauza furiei neputincioase. Piciorul apăsă pedala de viteză până la podea.

Nu îi mai păsa de curbele abrupte ale şoselei. Dacă ar fi pierdut-o pe Diane ar fi însemnat că a eşuat din nou şi, mai mult ca sigur, acela era un eşec cu care nu ar fi putut trăi pe conştiinţă.

Manevrând volanul cu mâna stângă, căută prin torpedeu şi scoase un revolver. Îl puse pe locul pasagerului fără să-şi ia ochii de la drum sau de la flăcările care pictau cerul roşiatic.

Se aplecă în faţă şi scoase un pistol pe care şi-l înfipsese în pantaloni la spate. Îl lăsă pe coapsă, să îl aibă la îndemână dacă ar fi avut nevoie de el.

În mai puţin de trei minute, Adam ajunse în curtea fermei şi călcă frâna brutal, la oarecare distanţă de hambar. Îşi amintise că încă avea grenadele în portbagaj şi era sigur că nu aveau nevoie de un foc mai mare decât era deja.

Adam nu se mai obosi să oprească motorul. Pur şi simplu sări din maşină, cu ambele arme în mâini, iar apoi alergă spre hambar.

Flăcările deja înghițiseră întreaga clădire din lemn. Sunetul panourilor din lemn care se prăbușeau în interiorul hambarului îi aduse pe față o încruntătură feroce.

Fără să stea pe gânduri, se aruncă prin ușa care ardea și ateriză pe podeaua murdară lângă Diane. Flăcările o lingeau deja, iar pantalonii îi luaseră deja foc.

Adam lăsă pistoalele lângă ea și, indiferent la flăcările care se întindeau spre el, stinse flăcările de pe pantalonii ei cu palmele.

Aerul mirosea a păr ars și el observă că focul pârlise câteva dintre șuvițele Dianei. Mușcătura fierbinte a unei flăcări pe spate îl făcu să acționeze rapid.

Adam își înfipse armele în betelia pantalonilor și o luă pe Diane în brațe.

Deja începuseră amândoi să tușească zdravăn. Ochii le erau plini de lacrimi din cauza fumului și abia puteau să mai vadă în jur.

Se ghemui cu ea în brațe și aruncă o privire la ce se întâmpla în jur.

Ne pârlim indiferent ce cale aleg, se gândi el. *Va trebui să mă mișc repede, măcar să o ajut pe ea să supraviețuiască.*

Adam se ridică în picioare, cu toate că rămăsese aplecat peste femeia din brațele lui, și apoi o rupse la fugă spre locul unde se aflase mai înainte ușa hambarului. Flăcările îi atingeau umerii și părul și îi sărută pantalonii, dar el nu dădu nici cea mai mică atenție durerii, ci continuă să înainteze.

Imediat ce ieși din clădire, cu plămânii arzându-i din cauza temperaturii ridicate și a fumului, alergă spre pompă. O pătură ar fi fost mai bună, dar nu credea că ar fi avut timp să fugă în casă să ia una.

OCHI ÎN ÎNTUNERIC

O aşeză pe Diane cu blândeţe jos lângă pompă şi umplu repede o găleată cu apă din puţul vechi şi o trase sus.

Aş fi putut să o pun direct sub pompă, îşi dădu el seama şi îşi scutură capul. Ideea deja îi venise prea târziu.

Aruncă apa din găleată peste capul ei şi partea superioară a trupului ei, iar ea se cutremură.

Un strigăt de indignare se ridică în aer. Clătinându-se, ea încercă să se ridice şi se propti cu o mână de peretele de piatră al puţului pentru a se ajuta.

-Calmează-te, Diane, nu te mişca, ai timp destul pentru asta, îi spuse Adam domol şi o împinse înapoi jos cu blândeţe.

Diane privi în sus spre el cu ochi roşii, iar el tresări când văzu urmele încercării grele de pe chipul ei.

-Totul va fi bine, dulceaţă, şopti el, nu te îngrijora acum.

Apoi, îşi trecu degetele cu tandreţe peste obrazul ei care era încă marcat de spaimă.

Diane încercă să îşi fixeze ochii pe el şi brusc, ochii i se măriră şi ea strigă:

-Ai luat foc, tu... idiotule.

Ea încercă să se ridice din nou în timp ce el se uită la flăcările ce încercau să-şi facă drum prin pantalonii lui.

Adam o împinse din nou jos, iar ea începu să-i lovească picioarele pentru a înnăbuşi flăcările.

El o privi de parcă femeia şi-ar fi pierdut uzul raţiunii, iar apoi coborî din nou găleata în fântână.

Bravo ţie, omule, se gândi el. *Ţi-ai pierdut păcătoasa de minte după o muiere şi ai uitat complet de sănătatea ta,* îşi scutură el capul cu dispreţ faţă de sine. *Cine va mai avea grijă de ea dacă tu arzi? Din fericire pantalonii ăştia nu lasă flăcările să treacă prin ei.*

Trase găleata din puț și își turnă apa peste cap. Apoi își întinse picioarele, unul după altul, sub pompă și lăsă apa rece de munte să aibă grijă de restul flăcărilor.

Știa că avea câteva arsuri pe spate, brațe și picioare. Îl dureau destul de rău, dar cel puțin amândoi erau în viață.

-Mulțumesc lui Dumnezeu că ai venit când ai venit, Diane șopti abia audibil.

Se rugase pentru un miracol când nu putuse să se dezlege singură și eforturile ei de a se târî spre o zonă sigură nu aduseseră nici un rezultat. Adam se dovedise a fi miracolul ei.

Ochii lui Adam o cercetară peste tot. Părea în regulă. Cu toate acestea, el nu putea să nu ia în considerare efectele pe care focul le-a avut asupra plămânilor și căilor ei respiratorii. Știa că va trebui să o ducă la un spital pentru ca să o examineze un doctor.

O trase în picioare și spuse:

-Te voi duce la spital în câteva minute. Pe drum spre spital, îmi vei putea explica de ce te-am găsit în hambar când te-am rugat să nu părăsești casa.

Văzându-i chipul aspru, ochii ei se măriră și mâinile începură să-i tremure. Diane nu își revenise complet și nu era sigură că îi va putea ține piept.

-Acum, unde pot găsi un furtun să sting focul? Nu putem risca să ardă întreaga pădure, îi explică el.

Cu un deget tremurător, îi arătă lui Adam unde ținea Martha furtunul pentru incendii. Mătușa ei de asemenea instalase un hidrant pentru ca un eventual incendiu să nu se întindă la zonele învecinate. Cu o zonă atât de împădurită în jur, incendiile erau privite cu multă seriozitate.

CAPITOLUL 9

ADAM O PUSE ÎN MAŞINA lui şi îi legă centura de
siguranţă. Îşi flexă apoi umerii pentru a mai scăpa de tensiunea
din muşchi.

Avea un nou respect pentru pompierii. Nu era chiar aşa
uşor să stingi un incendiu. Se simţea epuizat până la oase.
Sudoarea îi curgea pe faţă şi de-a lungul şirei spinării. Îşi şterse
faţa cu braţul, fără să dea atenţie urmelor de negreală care îi
marcau pielea.

Ocoli capota să intre în maşină şi îşi aduse aminte de
mâncarea lăsată în portbagaj.

La naiba, o parte din ea se va strica până la întoarcere, se
gândi el.

-Dacă te las aici în maşină pentru câteva minute, pot să sper
să te găsesc în acelaşi loc? o întrebă el, aplecându-spre interiorul
maşinii.

Diane dădu din cap, chiar dacă nu-i plăcea felul în care îi
amintea constant că a părăsit casa.

Adam se uită la ea fix câteva clipe, iar apoi scoase unul
dintre pistoalele din betelia pantalonilor şi îl împinse spre ea.

-Dacă ai nevoie să îl foloseşti, îndreaptă-l spre cel ce te
ameninţă şi apasă trăgaciul, aici, îi spuse el, degetul lui
indicându-i unde se găsea trăgaciul.

-Eu... eu nu pot să împuşc pe careva, se bâlbâi ea.

-Desigur că poţi, dădu el din cap cu convingere şi îi întinse din nou pistolul. Când viaţa ta e pe linie, poţi, crede-mă. Acum voi descărca lucrurile din portbagaj şi voi pune câteva chestii în frigider. Ţine-ţi ochii larg deschişi şi fă ce ţi-am spus dacă eşti în pericol, repetă el, şi trânti uşa de pe partea şoferului, închizând-o.

DRUMUL ÎN JOSUL MUNTELUI se desfăşură în tăcere. Liniştea o apăsa, iar încruntarea dintre sprăncenele lui Adam nu dispăru nici măcar pentru o clipă.

Diane l-a tot privit de când se urcase în maşină după ce a terminat de descărcat mâncarea. Adam rar i-a aruncat vreo privire. Ea nu putea citi ce-i trecea prin minte şi aceasta o îngrijora.

El a condus în josul muntelui pe cât de repede a îndrăznit, iar maşina se zguduia de câte ori lua o curbă mai strânsă.

-Adam, spuse ea, în acelaşi timp apucând mânerul de deasupra ferestrei.

Adam tocmai trecuse printr-o altă curbă în fir de păr şi o aruncase în portieră.

-Cred că poţi încetini, încercă ea să vorbească din nou.

Prima dată îşi muşcase limba şi încă mai simţea gustul metalic al propriului ei sânge pe limbă.

-Nu, Diane, nu pot încetini, mârâi el, arătându-şi dinţii. Nu e de joacă cu inhalarea de fum şi numai Dumnezeu ştie cât de mult ai inhalat înainte să ajung eu la tine.

OCHI ÎN ÎNTUNERIC

În ciuda faptului că i se vedea furia pe față, folosea același ton cu care oricine i-ar fi vorbit unui copil și ea strânse din dinți din cauza frustrării.

-Probabil, nu mult, spuse ea printre dinții încleștați. Aș fi ars de vie dacă ai fi întârziat cinci minute.

El își scutură capul dezmințindu-i cuvintele, deși cele spuse de ea păreau a fi corecte. Dar în ciuda acelui fapt, el nu voia ca ea să se gândească la ce ar fi putut să se întâmple.

-Dar nici o mașină nu a ieșit din curtea fermei. Și nu cred că au venit pe jos, se răsti el.

-Probabil au folosit cărarea din spatele casei. Duce undeva mai jos pe șosea, spuse ea și gesticulă în acea direcție. Da, chiar acolo, o vezi? îi arătă ea deschizătura mascată de doi copaci stufoși.

El își aruncă ochii la cărare și înjură crâncen. Pumnul lui lovi volanul repetat, iar Diane tresări de fiecare dată.

Când o vizitase pe Martha, nu se gândise să verifice cărările. Se gândise că avea destul timp la dispoziție să o facă mai târziu.

Diane îl privea cu ochii mari. Degetele îi tremurau pe mânerul de care se ținea cu toată puterea.

Chipul lui Adam se întunecase, iar ochii îi aruncau scântei. Diversitatea vocabularului lui de înjurături depășea tot ce auzise ea înainte.

Niciodată nu avusese ocazia să vadă nimic cât de cât similar furiei lui Adam. Ea spera numai ca el să nu-și aducă aminte din nou că a părăsit casa. Știa că ar fi putut supraviețui foarte bine atâta timp cât furia aceea brutală nu ar fi fost direcționată spre ea.

După câteva minute bune în care își dezlănțui furia împotriva lui însuși, Adam se liniști. Îi aruncă o privire și îi remarcă teama și fascinația din ochi.

Am înspăimântat-o, observă el dezgustat de sine însuși și se strâmbă. Îi văzu degetele tremurând pe mânerul de care se ținea și vina lui se adânci mai mult.

Adam încetini mașina o fracțiune, iar apoi îi luă cealaltă mână în mâna lui. Ridicând-o la gură, îi sărută degetele tremurânde cu tandrețe și apoi le strânse ușor.

-Diane, este posibil să mă înfurii uneori și s-ar putea să urlu și să înjur... Niciodată, dar niciodată nu trebuie să te temi că te-aș răni la mânie, spuse el cu hotărâre și se uită direct în ochii ei. Da, s-ar putea să dau din gură și să te critic din când în când, dar nimic mai mult. Nu ești în nici un fel de pericol cu mine, ai înțeles?

Ea se înroși ușor și dădu din cap. Buzele lui pe degetele ei provocaseră în mod straniu fluturașii care își făcuseră reședința permanentă în abdomenul ei de la venirea lui.

-Acum că sunt calm, poți să îmi explici de ce te-am găsit în hambar, în mijlocul acelui infern, când ți-am spus clar să mă aștepți în casă?

Îi strânse degetele din nou pentru a o încuraja să vorbească, iar apoi îi eliberă mâna.

-Ai făcut-o ca să mă provoci? o întrebă Adam din nou.

-Bineînțeles că nu, se grăbi Diane să-i explice. Numai că am auzit un zgomot și...

-Și ți-ai spus *Ce naiba, hai să investighez. Adam ăla e atât de idiot că nu-și poate găsi fundul cu ambele mâini așa că ce dacă mi-a spus să nu ies din casă? Ce spune el nu contează,* se răsti el la ea.

-Dacă continui să-mi vorbești astfel, nu mai spun nici un cuvânt, îl amenință ea și se încruntă la el.

-Oh, da, vei spune, zise el și acceleră puțin mai mult.

Drumul se lărgise acum și el putea deja să vadă acoperișurile caselor din vale.

-Nu, nu voi spune. Nu voi fi subiect de ridicol pentru tine, lovi ea cu piciorul în podeaua mașinii cu hotărâre.

-Nu, desigur că nu, spuse Adam batjocoritor cu un gest larg. De parcă nu ar fi fost destul de ridicol să ieși afară și să te duci să investighezi un zgomot după ce cineva ți-a explicat că ești în pericol. Exact ca într-un film prost de groază, Diane, spuse el și îi aruncă o privire încruntată. Știi despre ce vorbesc. Fata știe că tipul cu toporul este afară și că ea ar fi în siguranță dacă ar rămâne în casă, dar, nu, ea trebuie neapărat să iasă ca să fie ucisă, termină el ce avea de spus într-un urlet. Cât de inteligentă e chestia asta? Spune-mi tu mie acum, cât de inteligent este să faci așa ceva?

Adam îi mai aruncă o privire și văzu că acum îi curgeau lacrimi pe obraji. Vinovăția i se strecură în inimă din nou și își scutură capul.

-În regulă, îmi pare rău, își ceru el scuze.

De ce naiba trebuie să-mi cer scuze nu știu, dar nu pot să o las să plângă.

Diane își șterse lacrimile cu un gest nervos și își feri ochii de privirea lui.

-Diane, o strigă el domol, dar ea nu se întoarse spre el.

Adam decise să o facă să reacționeze altfel și își puse mâna pe piciorul ei. Femeia aproape că sări de pe scaun.

-Ce faci? întrebă ea cu sufletul la gură, ochii ei holbându-se la mâna mare și întunecată care se odihnea pe coapsa ei.

-Nu fac decât să te implor să-mi dai atenţie, spuse el domol şi şi îi aruncă un surâs nemilos.

El îi strânse coapsa şi ea tresări sub degetele lui.

-Ţi-e teamă de mine sau atingerea mea te dezgustă? întrebă el pe o voce vag curioasă deşi gândurile lui erau departe de a fi nesubstanţiale. Îi aşteptă răspunsul cu groază.

-Nici una, nici alta, înghiţi Diane cu greu şi îi replică pe o voce joasă. A fost doar... neaşteptat. Nu... nu m-am aşteptat la aşa ceva şi... Oricum, este în regulă, încercă ea să pună capăt la bâlbâiala sa, sătulă să se dovedească atât de slabă ori de câte ori o atingea el.

-Acum poţi să-mi spui ce s-a întâmplat? întrebă Adam din nou. Imediat după ce îmi spui unde este spitalul pentru că eu chiar nu ştiu, spuse el şi-i făcu cu ochiul.

Diane simţi cum erupea râsul din gâtlejul ei şi se simţi mai bine decât se simţise toată ziua.

Adam era de necrezut. Era insuportabil şi cinic şi protector. Avea momente când resimţea o dorinţă acută să-l sufoce în timp ce dormea. Şi cu toate acestea, erau momente ca acesta când o făcea să se simtă extrem de vie.

CAPITOLUL 10

VIZITA LA SPITAL NU a fost prea amuzantă. Adam a insistat ca ea să primească îgrijire medicală, în timp ce a refuzat orice fel de examinare în ceea ce îl privea.

Diane l-a făcut să accepte ca doctorul să-l examineze şi pe el atunci când l-a informat că şi ea îi va urma exemplul şi nu se va lăsa nici ea examinată.

Cu neplăcere vădită, Adam s-a supus examenului medical, deşi ştia că nu fusese rănit în mod serios. Cu toate acestea, îi făcuse o promisiune Dianei, iar el îşi respecta întotdeauna promisiunile.

El dorea ca plămânii Dianei să fie verificaţi şi ca doctorul să se ocupe de toate rănile ei, aşa că a trebuit să facă ce dorea ea. El a cerut şi o tomografie pentru ea în momenul în care a aflat că fusese lovită la ceafă.

Imediat după ce a dat cu ochii de ei, doctorul a insistat să cheme poliţia. Lui Adam nu-i păsa oricum, aşa că a dat din umeri cu indiferenţă când l-a auzit.

Şeriful a venit şi a plecat, scuturându-şi capul cu neîncredere. Cum nu mai rămăsese nimic din hambar, iar atacatorii folosiseră benzină, nu credea că ar fi putut face mare lucru chiar dacă s-ar fi deplasat la fermă, dar cu toate acestea trebuia să verifice incendiul.

Era convins că nu va mai găsi nici un fel de urme care să-l îndrepte spre vinovați, dar avea o slujbă de făcut. Dacă nu-și făcea datoria, ar fi pierdut următoarele alegeri.

Adam îi împărtăși opinia șerifului și promise să aibă grijă el însuși de Diane.

La început, șeriful l-a suspectat pe el, dar Diane a clarificat totul când i-a făcut cunoscută discuția pe care au avut-o cei trei bărbați după ce o legaseră. Probabil că și ea l-ar fi suspectat pe Adam dacă nu ar fi fost martoră la schimbul de cuvinte dintre ei.

Călătoria înapoi spre fermă a fost în mare parte tăcută pentru că amândoi erau epuizați. Apusul le amintea de ziua plină care tocmai se încheiase și amândoi se simțeau obosiți până la oase.

Acum Adam conducea relaxat, nu se mai grăbea. Știa că vor găsi ferma în acelaș loc și el mai avea oricum de făcut un tur al proprietății când ajungea acolo. Trebuia să se asigure că nu vor mai avea nici un fel de surprize neplăcute în viitor. Așa că păstră o viteză constantă de patruzeci de mile pe oră, fără să se agite prea tare.

Mai mult decât atât, dorea să-i lase șerifului destul timp ca să-și termine investigația, nu că s-ar fi așteptat ca acesta să obțină vreun rezultat.

Brusc, soneria unui telefon străpunse liniștea, iar Diane mai că sări din scaunul ei. Tăcerea fusese atât de copleșitoare mai înainte că nu se așteptase la așa ceva. Adam doar îi aruncă o privire și îi zâmbi.

OCHI ÎN ÎNTUNERIC

Se apleacă peste ea şi îşi scoase telefonul din torpedou. Verifică ecranul mai întâi, iar abia apoi răspunse, punând telefonul pe speaker pentru a putea conduce fără nici un fel de probleme.

-Hei, Ryan. Eşti pe speaker. Care-i treaba?

-Doar sunam să văd ce faci. Eşti în regulă?

-Hmm. De ce întrebi? îi replică Adam, iar sprâncenele i se adunară.

-O ştii pe Kate, spuse Ryan pe un ton apologetic. M-a tot bătut la cap că ceva este în neregulă cu tine şi... Kate, să nu mai îndrăzneşti să mă loveşti cu lingura aceea din nou, strigă el.

Adam râse.

-Lingură, Ryan?

-Da, face spaghete şi m-a lovit cu o lingură mare de lemn, aşa că nu mai râde. Nu e deloc amuzant.

-Oh, bietul copilaş, spuse Adam tărăgănat, iar Ryan înjură.

-Dacă mă poate ridiculiza, atunci e bine, îl auzi Adam spunându-i lui Kate. Eşti bine, nu-i aşa? îl întrebă Ryan din nou.

-Acum da, sunt, confirmă Adam pentru că se simţea mai bine auzind vocea prietenului său.

-Ce vrei să spui? Cum acum? ajunse vocea dură a lui Ryan la urechile Dianei.

-Am avut... hai să spunem, multe momente vesele pe aici astăzi, mărturisi Adam.

-Aici fiind unde?

-Doar ţi-am spus că mă îndrept spre Montana, îi reaminti Adam. Ţi-am arătat şi pe hartă...

-Da, aşa e, mi-ai spus. Ce s-a întâmplat? Nu pot crede că Kate a avut dreptate. Da, da, da, ai avut dreptate, nu mă mai lovi încă o dată.

Adam râse din nou.

-Nu ştiam că Kate are premoniţii sau viziuni sau cum naiba s-or numi chestiile acelea.

-Nu, nu are, veni o voce joasă şi melodioasă pe fir, iar Diane îşi imagină că trebuia să fie acea Kate de care ei vorbeau. Am simţit numai că ceva era în neregulă cu tine şi că aveai nevoie de ajutor.

-Mulţumesc, iubito, replică Adam. M-am descurcat.

-Dar ai nevoie de ajutor? se interesă Ryan. Spune tot, amice. Doar ştii: am fost o dată o echipă, rămânem o echipă. Ne ajutăm mereu unul pe celălalt, Adam, declară Ryan cu seriozitate.

Adam ştia că Ryan va reacţiona astfel, dar fusese hotărât să rezolve totul singur fără ajutor. Îi aruncă o privire lui Diane, iar ochii ei uriaşi verzi îi făcură inima să tresară.

-S-ar putea, prietene, replică el fără prea multă convingere.

-Bun, atunci. Nick va ajunge acolo înaintea mea, îi spuse Ryan. El trăieşte acolo în Montana, chiar dacă pe cealaltă parte a Montanei. Eu trebuie să vin din Montreal aşa că s-ar putea să-mi ia vreo douăzeci şi patru sau patruzeci şi opt de ore. Nu ştiu încă, îi explică Ryan.

-Merg cu tine, spuse Kate.

-Nu, nu mergi, îi replică Ryan pe un ton aspru.

-Ai grijă să merg cu tine, îi răspunse ea pe un ton pragmatic.

OCHI ÎN ÎNTUNERIC

Încăpăţânarea ei aduse un surâs pe buzele lui Adam. O ştia pe Kate destul de bine şi ştia, de asemenea, că Ryan nu avea nici o şansă să facă altfel de cum spunea ea. Adam îşi scutură capul cu amuzament.

-Vorbim despre asta mai încolo, încercă Ryan să schimbe subiectul.

-Nu este nimic de discutat. Vin cu tine şi asta este, nu cedă Kate în faţa opiniei lui.

-La naiba, femeie, începu Ryan să spună.

Mai apoi, Adam şi Diane auziră:

-Au! Ce naiba, Kate, m-ai lovit în cap cu nenorocita aia de lingură din nou!

Adam izbucni în hohote de râs.

-Oh, frate, nu mai ai nici o şansă, îi spuse el lui Ryan.

-Da, da, da, îi replică Ryan. Îţi va veni rândul, nu-ţi fă griji. Ne vedem curând, amice, spuse el şi închise, neoferindu-i nici o şansă lui Adam să-i mai răspundă.

Adam îşi scutură capul cu amuzament, iar apoi îi întinse telefonul lui Diane.

-Poţi să-l pui înapoi în torpedou?

Diane luă telefonul şi-l întrebă:

-Cine sunt Ryan şi Kate?

-Un cuplu căsătorit, râse Adam pe înfundate, iar ochii îi străluciră cu zburdălnicie.

-Şi ce e atât de amuzant că sunt căsătoriţi? întrebă ea pe o voce supărată.

-Ei sunt amuzanţi. Sunt perfecţi unul pentru celălalt, preciză Adam şi îi aruncă Dianei o privire. Kate face cam ce vrea cu el, iar Ryan este aproape domesticit când este cu ea.

-Ryan vine să te ajute, nu-i aşa?

-Eh, dacă aş fi putut să am încredere în cineva să stea unde îi spun eu să stea, nu aş fi avut nevoie de el, spuse Adam şi o privi cu înţeles.

Diane se înroşi violent şi îşi flutură mâna.

-Îmi vei reproşa chestia asta totdeauna?

Adam păru să se gândească câteva secunde, iar apoi spuse:

-Da, aşa cred.

Gura Dianei formă un '*o*' perfect.

-Eşti ridicol, spuse ea uimită.

-Nu, nu sunt. Nu eu sunt cel ce s-a dus în hambar să verifice o uşă deschisă după ce mi s-a spus să nu părăsesc casa, îi atrase el atenţia, pe o voce oţelită.

-Pentru numele lui Dumnezeu, bătea vântul. Am crezut că vântul a deschis uşa şi m-am dus numai să o închid. Balamalele sunt ruginite şi uşa aceea scârţâie la fiecare mişcare, îi replică ea cu exasperare.

-Nu, nu mai scârţie acum, observă el pe un ton pragmatic. Cel puţin nu mai trebuie să ne batem capul cu balamalele, îşi scutură el capul.

Diane îşi încleştă pumnii. *Mascul îngâmfat*, îşi spuse ea în gând, adăugând o înjurătură, iar impulsul de a-l pocni îi făcu sângele din vene să fiarbă.

-Cine este Nick? întrebă ea ca să schimbe subiectul.

-Un prieten.

-Am presupus asta, spuse ea cu frustrare. Aşa cum şi Ryan îţi este prieten. Ce fel de prieteni? insistă ea.

-De cel mai bun fel, răspunse Adam.

-Ahhh...

Adam numai rânji la ea şi continuă să conducă liniştit. Diane lovi podeaua maşinii cu piciorul nervoasă.

-Ai răbdare, dulceață. Îți voi spune totul acasă diseară, îi promise el și o bătu ușor pe genunchi.

Surprinzător, Diane nu mai tresări. *Hmm, chestia asta deschide noi posibilități*, se gândi Adam și sprâncenele i se urcară pe frunte.

-Îmi amintesc că ți-am spus să nu mă mai numești dulceață, observă Diane care era încă supărată pe el.

-Iar eu îmi amintesc că te-am rugat să rămâi în casă, iar tu ai făcut exact opusul, îi replică el, iar ea mârâi impotent.

DE CEALALTĂ PARTE A muntelui, un bărbat cu păr sur își aruncă telefonul mobil pe masa de cafea de lângă el și urlă.

Orbit de furie, aruncă și paharul cu bourbon pe care îi avea în cealaltă mână. Paharul se sparse de grilajul protector de la șemineu.

Gâfâind din cauza frustrării, se ridică în picioare și se duse șchiopătând spre fereastră. Se rănise la picior în timp ce călărea cu o săptămână în urmă, iar trupul lui ușor corpolent nu ajuta prea mult la vindecarea piciorului.

Privi prin fereastră câteva momente, apoi se întoarse și înhăță telefonul din nou. Cu degetele tremurându-i de furie formă un număr. Efectiv clocotea de mânie.

-Domnule Phelps, bună seara, fu el salutat.

-Monroe, spuse el scurt. Cum s-a defășurat mica ta sarcină?

-Am rezolvat totul, domnule, chicoti el. Am legat-o în hambar și am dat foc hambarului. Tipul care stă acolo cu ea va fi cel ce va fi învinovățit.

-Ești sigur? îl întrebă Phelps printre dinții încleștați.

-Da, domnule, răspunse Monroe, deși cu mai puțină convingere decât înainte.

Tonul lui Phelps nu anunța nimic bun. Nu era ca și cum nu i-ar fi cunoscut tonalitățile vocii patronului lui.

-Te-ai asigurat că este moartă?

-Nu ar fi putut supraviețui, domnule, replică Monroe. Să fi văzut ce vâlvătaie...

-Idiotule, urlă Phelps. E bine mersi.

-Nu e posibil, domnule, replică Monroe cu convingere aparentă, dar teama îi suna în voce.

-Este posibil, i-o întoarse Phelps. Șoferul meu a văzut-o la spital. Nici măcar nu a fost rănită serios, imbecilule. Dacă nu ești capabil să termini treaba, voi găsi pe altcineva. Mai ai o săptămână, spuse el pooruncitor și închise telefonul.

Nu, nu-i voi da o săptămână. Nu-i voi da nici măcar o zi.

CAPITOLUL 11

ADAM VERIFICĂ PERIMETRUL şi în ciuda epuizării, montă alarme de avertizare peste tot în curte şi la fiecare intrare posibilă în casă. Ştia că senzorii de mişcare ar fi fost inutili acolo cu toate animalele sălbatice care mişunau prin jur.

Ochii îi trecură peste banda gabenă pe care şeriful o pusese în zona unde fusese ridicat hambarul şi îşi scutură capul. Era doar praf în ochi.

Destul de convins că se vor bucura de o noapte bună de somn, de care aveau nevoie amândoi, se întoarse în bucătărie. Aroma mâncării gătite în casă îi făcu să-i plouă în gură.

Diane era ocupată în faţa maşinii de gătit. Arăta adorabil desculţă, iar şoldurile i se mişcau uşor în timp ce amesteca ceva într-o tigaie. Ca şi cum i-ar fi simţit prezenţa, se întoarse şi îi zâmbi.

Ochii îi cutreierară faţa rozalie încălzită. Câteva fire de păr flirtau cu pielea ei, iar ea le suflă la o parte şi îşi flutură mâna spre el, invitându-l să intre şi să ia loc.

-Voi aduce mâncarea la masă acum, îi spuse ea şi închise focul de la sobă. Ia un loc.

Adam se aşeză la masă, dar ochii lui îi urmăreau fiecare mişcare. Nu-şi putea lua ochii de la ea. Era efectiv vrăjit.

Ea luă două farfurii dintr-un dulap, și împreună cu două furculițe și cuțite, le puse pe masa din bucătărie.

-Ai nevoie de ajutor? o întrebă el, gata să se ridice de pe scaun și să o ajute.

-Nu, îl bătu ea pe umăr. Stai aici că nu-mi va lua mai mult de o clipă, îl asigură ea.

Se întoarse să aducă și pâinea pe care o încălzise în cuptor. O umpluse cu usturoi și măsline și o presărase cu parmezan.

Pe drumul înapoi spre el, înhăță și două boluri de salată și le aduse la masă.

-Miroase fantastic, îi zâmbi Adam.

Apoi ochii îi căzură pe salate și se strâmbă. Diane pur și simplu izbucni în râs.

-Nu vei muri dacă vei mânca și puțină salată, îl asigură ea, bătându-l pe umăr din nou. Vei avea și carne, nu te teme. Nu vei muri de foame.

-Nu mă gândeam că voi muri de foame, mormăi el, dar ea îl auzi și zâmbi.

Când se întoarse cu stir-fry-ul, el respiră mai ușurat. Pentru o clipă, chiar fusese convins că femeia a decis să-l pedepsească și să-l facă să se simtă prost, și de aceea gătise doar legume.

Luară masa împreună și o asezonară cu flecăreală inocentă. Când au terminat de mâncat, ea aduse cănile umplute cu ciocolată caldă la masă, iar un sentiment de mulțumire îi umplu inima lui Adam.

-Deci despre Ryan și Nick, spuse ea.

Adam se strâmbă, nu foarte comfortabil cu subiectul. Uitase că Diane dorea să-i spună despre ei doi.

-Este cumva secret? întrebă ea, observând că nu se simțea în largul lui.

-Nu, nu este chiar un secret... sau mai bine spus, nu mai este un secret, își scutură el capul. Am lucrat împreună. Un fel de echipă de operații speciale, dacă vrei, îi replică el și o privi drept în ochi. Când m-ai numit ucigaș, ai avut dreptate sută la sută.

-Nu am vrut să spun exact asta, se grăbi ea să spună. La vremea aceea am crezut că voiai să ucizi niște animale fără apărare.

El ridică din umeri, dar nu se obosi să-i explice că unele dintre acele animale numai fără apărare nu erau. Unele animale sălbatice erau letale chiar și pentru un bărbat înarmat cu o carabină.

-Oricum, am și ucis când misiunea o cerea. Nu am ucis doar așa ca să mă amuz, evident, dar aceasta nu înseamnă că nu sunt un ucigaș, explică el pe un ton pragmatic.

-Înțeleg și eu diferența, protestă ea.

-Mă îndoiesc, îi replică Adam pe un ton sec. Tu ești pacifistă, îți amintești? Detești armele.

-Ca regulă, da. Dar de asemenea înțeleg că un om trebuie să se protejeze în război sau în misiuni ca cele despre care vorbești, îl contrazise ea.

-Ei bine, uneori misiunea era să ucid, așa că... spuse el cu nonșalanță, iar apoi o studie să vadă cum primea acea informație.

Diane se albi, iar natura sa nonviolentă se luptă cu cuvintele lui. Cu toate acestea, știa foarte bine că nimic nu era doar alb sau negru și că zonele de gri apăreau mult mai des decât ar fi crezut marea parte a oamenilor.

Îi întâlni privirea cercetătoare a lui Adam și își lăsă capul pe o parte. O nouă idee îi răsări în minte.

-Vrei să mă șochezi, trase ea concluzia, dând din cap.

-Da, admise el fără ca măcar să clipească. Funcționează? o întrebă el.

-De ce ai vrea să faci asta? se minună ea nedumerită.

-Vreau să înțelegi ce fel de om sunt și de ce sunt capabil să fac, îi spuse el și apoi își puse coatele pe masă și își sprijini bărbia în pumni, ochii săi rămânând mereu ațintiți cu atenție pe ea.

-Mă îndoiesc că faptul că ești capabil să ucizi te definește în întregime, replică Diane domol.

-Nu, nu mă definește, îi acceptă el cuvintele. Dar sunt mai mult decât capabil să o fac, și poți să ai încredere în mine că voi ucide pe oricine va îndrăzni să te atingă.

Afirmația lui o șocă pe Diane mai mult decât tot ce îi spusese el înainte.

-Nu vreau să îmi asum o astfel de răspundere, își scutură ea capul. Nu vreau ca nimeni să moară din cauza mea.

-Nici măcar indivizii aceia care în după-masa aceasta te-au legat în hambar și ți-au dat foc? întrebă el cu neîncredere.

Ea își scutură capul din nou.

-Vorbești serios? o întrebă el. Pot paria că aceeași oameni sunt cei care au ucis-o și pe mătușa ta, Diane, specifică el.

-Îi vreau pedepsiți, recunoscu ea. Închiși ca să nu mai poată face rău nimănui niciodată, replică ea abia audibil. Dar nu cred că vreau să-i ucizi.

-Ascultă-mă și ascultă-mă bine, se ridică Adam și se apleacă deasupra ei, vocea lui sunând atât de aspru că nu mai lăsa loc la nici un fel de compromis. Nu vei interveni ca să fii ucisă în timpul acțiunii. Mă vei lăsa să fac ceea ce trebuie să fac. Ai înțeles? tună el, iar în ochii lui pluteau stele de gheață.

OCHI ÎN ÎNTUNERIC

Cu o mişcare a capului, Diane îl asigură că înţelegea. Nu era idioată şi ştia că probabil *el* ar fi fost ucis din cauza ei dacă ar fi intervenit. Iar acela ar fi fost chiar ultimul lucru pe care şi l-ar fi dorit.

Era adevărat că Adam reprezenta un junghi în coastă continuu pentru ea, dar aceasta nu însemna că îl dorea mort. Chiar opusul.

Trebuia să fie cinstită cu ea însuşi până la urmă. Derbedeul acela o atrăgea şi încă mult de tot. Niciodată nu mai simţise o atracţie atât de puternică pentru nici unul dintre bărbaţii pe care îi cunoscuse înainte.

Adam o privea fix, încercând să se asigure că nu încerca numai să-l împace. Satisfăcut cu ce citise pe faţa şi în ochii ei, se aşeză din nou pe scaun şi bău jumătate din ciocolata sa caldă imediat.

Diane deschise gura să-l întrebe altceva când telefonul său mobil sună din nou.

Adam îşi ridică mâna ca să o atenţioneze să aştepte şi îşi scoase telefonul celular din buzunar. Verifică numele afişat pe ecran şi apoi răspunse.

-Hei, Nick, cum merge treaba?

-Pari destul de bine, vocea lui Nick bubui din telefon. Sunt pe speaker, remarcă Nick.

-Da, se pare că am atins afurisitul ăsta de ecran din nou, mormăi Adam. Oricum, cum stă treaba? îl întrebă el şi puse telefonul pe masă.

-Sunt pe drum spre tine, îl informă Nick. Am fost destul de norocos să găsesc pe careva să aibă grijă de caii mei începând din seara aceasta. Sunt pe drum de mai bine de jumătate de oră deja. Voi ajunge acolo înainte de miezul nopţii. Este bine aşa?

-Da, perfect. Doar anunţă-mă înainte să intri cu maşina în curte. Am instalat câteva capcane, îi explică Adam.

-Nimic altceva decât ce aş fi aşteptat de la tine, observă Nick.

-În regulă, nu mă voi duce la culcare şi o să te aştept, spuse Adam şi închise telefonul.

Diane se uită la el, iar ochii ei mari îi reflectau nedumerirea.

-Nu eşti foarte politicos, remarcă ea.

Adam se mulţumi să ridice din umeri şi se ridică în picioare. Îşi flexă muşchii de la umeri cu o mişcare ce părea să-i fie bine impregnată în caracter.

Diane nu se putu opri să nu îi admire condiţia fizică.

-Faci exerciţii, observă ea, iar apoi se înroşi puternic când şi-a dat seama că a vorbit cu voce tare.

Adam doar îi zâmbi şi dădu din cap.

-Da, la început din cauza ocupaţiei mele, iar acum mi-a intrat în obicei. Îţi plac rezultatele, nu-i aşa? îi făcu el cu ochiul.

Diane îl şocă atunci când dădu din cap că da. El se aşteptase ca ea să găsească altceva de spus.

-Putem să-i dăm lui Nick al treilea dormitor, remarcă ea pentru a schimba subiectul. Ce facem cu Ryan şi Kate?

-Le voi da camera mea şi eu voi dormi pe sofa, îi replică el, arătând cu degetul mare spre living.

-Pot eu să dorm pe sofa. Sunt mai mică şi încap mai bine decât tine acolo.

-Nu, spuse Adam.

Diane mai aşteptă o secundă să vadă ce va mai spune, dar el nu mai adăugă nimic.

-Doar nu?

-Da, doar nu. Ah, vrei explicaţii, din câte văd, spuse el resemnat şi îşi trecu degetele prin păr. Bine atunci. Nu te pot lăsa aici jos singură. Ai fi prima în linia focului în acel caz. Şi oricum, unul dintre noi trebuie să stea de gardă, iar eu pot fi acela, preciză el.

-Dar nu te vei putea odihni, observă Diane şi apoi luă cele două căni să le ducă la chiuvetă.

Adam doar dădu din umeri din nou şi părăsi bucătăria să mai verifice ferestrele o dată. Diane îşi scutură capul în urma lui şi decise să spele vasele.

CAPITOLUL 12

NICK AJUNSE CU O JUMĂTATE de oră înainte de miezul nopții. Adam i-a dat indicații cum să treacă prin capcanele pe care le instalase, iar Nick a reușit să treacă prin ele fără să fie atins.

Aflată în spatele lui Adam, Diane îi privi pe bărbați lovindu-și pumnii, bătându-se unul pe celălalt pe umeri și apoi îmbrățișându-se bărbătește, fără să se jeneze.

Un zâmbet îi flutură pe buze când își dădu seama cât de puternică era legătura dintre ei doi.

Ochii lui Nick se opriră pe ea, iar Adam o luă de mână și o trase lângă el.

-Diane, acesta este Nick. Nick – Diane, făcu el prezentările, dar nu-i dădu drumul la mână.

Nick observă și rânji la el. Adam se simți incomod, dar nu-i păsă prea mult. Prefera să se simtă incomod atunci decât să ajungă să o vadă pe Diane îndrăgostindu-se până peste cap de prietenul lui.

Nick arăta ca un urs, dar Adam știa că femeile mereu l-au considerat foarte sexi. Nu dorea să testeze acea teorie cu Diane.

Nu-i plăcea gustul geloziei. *Nici măcar nu știu de ce aș fi gelos. Nu e ca și cum Diane mi-ar aparține.*

-Haide înăuntru, îl invită Diane. Adam îţi va arăta camera ta, iar eu voi pregăti ceva de mâncare.

-Nu este nevoie să te oboseşti, făcu un gest cu mâna pentru a-i respinge oferta. Pot să mănânc nişte biscuiţi sau...

-Nu e nici un fel de deranj, îi zâmbi ea.

-Cum se face că mie nu îmi zâmbeşti niciodată astfel? Adam o întrebă fără să se gândească înainte.

Ar trebui să-mi cos gura, la naiba, refectă el. Simţea o dorinţă imensă de a-şi trage una peste cap.

Nick izbucni în râs, iar Diane se înroşi.

-Ce vrei să spui? îl întrebă ea.

-Nu contează, spuse el şi trecu în grabă pe lângă ea.

-Cred că contează, replică ea şi îl apucă de braţ.

Adam îi privi mâna mică aşezată pe braţul lui, iar apoi se uită în ochii ei. Diane chiar părea îngrijorată.

-Cu plăcere. Fără nici un fel de griji... Nu ştiu. Dar ştiu că mie niciodată nu mi-ai zâmbit astfel, răspunse el, fără să facă nici un efort să-şi tragă braţul din mâna ei.

-Probabil pentru că tu te iei de mine tot timpul, replică Diane. Da, cred că asta este. Mă enervezi atât de rău tot timpul şi de aceea nu îţi pot zâmbi astfel, dădu ea din cap.

-Păi, acum am şi motive, nu-i aşa? Imaginează-ţi, spuse el întorcându-se uşor spre Nick, îi spun că se află în pericol şi că nu trebuie să stea la vedere până ce mă întorc şi ce face ea? Se duce să verifice uşa de la hambar. Era deschisă, vezi bine, iar ea trebuia să o închidă.

-Eşti răutăcios, îl plesni ea peste braţ.

-Rău? Auzi, eu sunt ăla rău, ai auzit? îl întrebă el pe Nick.

OCHI ÎN ÎNTUNERIC

-Cred că e mult mai mult decât atât, interveni Nick în discuție. Adam nu ar fi atât de furios dacă ar fi fost numai amărâta aia de ușă de la hambar deschisă, îi spuse el lui Diane.

Diane se înroși violent, iar buzele lui Adam tresăriră din cauza amuzamentului.

-Evident că este mai mult decât atât. A fost lovită cu ceva în cap, legată bine și încuiată în hambar. Apoi au dat foc la hambar și dacă nu aș fi venit înapoi când am venit, ar fi fost făcută grătar, remarcă Adam fără pic de sensibilitate. Vezi rezultatele pe fața ei. I-a luat foc și părul...

-Ești un porc, știi asta, strigă Diane și îi apărură lacrimi în ochi.

O luă la goană pe lângă ei să ajungă în bucătărie și își șterse lacrimile discret. Adam îi observă gestul și oftă.

-Femeile sunt atât de dificile, Nick, observă el.

-În special când îți pasă de ele, replică Nick pe un ton liniștit.

-La ce naiba te referi? îl întrebă Adam pe o voce certăreață.

-Haide, amice, este doar evident. Ești înnebunit după ea, iar ea este înnebunită după tine. Și cu toate acestea, amândoi faceți tot posibilul să vă răniți unul pe celălalt și să îl țineți pe celălalt la distanță, îi replică Nick iar vocea lui sună obosită.

-Cred că ești prea obosit să gândești așa cum trebuie, spuse Adam. Hai să-ți arăt dormitorul tău și apoi poți veni la bucătărie, mănânci ceva și apoi te culci.

Adam o luă înaintea lui Nick și își scutură capul.

Oh Doamne, Nick a luat-o razna. Auzi la el! Sunt nebun după femeia aia încăpățânată. Iar ea este nebună după mine.

Brusc, Adam se opri și își aplec capul ușor pe o parte. *Acum asta-i o chestie interesantă. Atât de multe posibilități.*

Scutură din cap să şi-l limpezească, iar apoi se întoarse spre Nick.

-Ai avut o călătorie bună?

Nick izbucni în râs şi râse din toată inima, ba chiar se îndoi şi îşi apăsă o mână pe mijloc.

Adam mereu a fost dus cu pluta, reflectă el.

NICK DEJA SE DUSESE la culcare. Adam făcuse un duş mai întâi în baia pe care urma să o împartă cu Nick, iar acum stătea întins pe sofa, cu capul pe mâinile încrucişate. Picioarele îi atârnau de pe sofa. Nu era foarte comfortabil, dar dormise el în condiţii mult mai proaste în trecut şi nu îi păsa.

Diane apăru în pragul uşii, iar luna îi lumină figura suplă.

-Eşti bine acolo? îl întrebă ea pe un ton liniştit.

El dădu din umeri, dar apoi îşi dădu seama că ea nu îl putea vedea la fel de bine cum o vedea el pe ea şi răspunse:

-Presupun.

Ea se codi, jucând de pe un picior pe altul. Nesiguranţa îi era înscrisă pe chip, iar Adam zâmbi.

Brusc, fără să judece, el spuse:

-Nick spune că mă placi. Aşa este? Mă placi?

Ea îngheţă efectiv, iar roşeaţa i se întinse pe faţă şi îi atinse şi vârfurile urechilor.

-Eu... eu... nu... ştiu, se bâlbâi ea, iar zâmbetul lui se lărgi.

-Înţeleg, replică el. A mai spus că şi eu te plac pe tine, remarcă el, iar ea clipi.

După câteva secunde de tăcere, ea îl întrebă abia audibil:

-Şi mă placi?

El se uită fix la ea câteva momente, iar apoi dădu din umeri:

-Presupun.

Diane se strânse în brațe și își coborî capul. El nu îi putea vedea chipul și nu-i plăcu acel lucru.

-Vrei să te culci cu mine? o întrebă Adam, iar capul Dianei sări în sus din cauza șocului.

-Poftim? Eu nu... eu nu obișnuiesc să sar în pat cu un bărbat imediat, reuși ea să spună.

-Nu ți-am cerut așa ceva. Vorbeam despre dormit. Știu că nu ești genul acela de femeie, o certă el.

-Doar dormit? îi ceru ea să confirme încă o dată.

Adam își dădu ochii peste cap și spuse:

-Da.

Diane păru a reflecta la propunerea lui. Adam așteptă răbdător, dar după câteva minute, își pierdu răbdarea și spuse pe un ton dur:

-Uită că te-am întrebat.

-Nu, îi răspunse ea, mă gândeam numai că am fi mai comfortabili în dormitorul meu sus. Tu nu ai loc pe sofa singur. Dacă mai vin și eu...

Adam se ridică imediat cu o mișcare fluidă. Își adună pistolul și telefonul mobil de pe măsuța de cafea și se apropie de ea.

-Ia-o înainte, spuse el, și își trecu degetele printre ale ei.

CAPITOLUL 13

DE-A LUNGUL ÎNTREGII dimineţi, Nick şi Adam au verificat zona din jurul fermei cu rândul. Unul dintre ei mereu rămânea cu Diane, deşi ea îi promisese lui Adam să nu iasă din casă dacă ei nu se aflau acolo. Adam nu a spus dacă o credea sau nu, dar nici nu o lăsa singură în casă.

Nick ştia unde şi-a petrecut Adam noaptea. Îi auzise pe cei doi urcând scările în noaptea precedentă şi îl văzuse pe Adam ieşind din camera Dianei de dimineaţă.

Cu toate acestea, nu a pus nici un fel de întrebări personale. Nick era o persoană care îşi preţuia viaţa privată şi, de aceea, respecta şi viaţa personală a celorlalţi.

În jurul orei unu, cei trei au împărţit un prânz copios. Adam a insistat să pună nişte fripturi pe grătar, iar Diane a cedat.

A pregătit totuşi nişte salată, pe care Adam a mâncat-o mormăind. Lui Nick i-a plăcut şi a tot lăudat-o pe Diane pentru talentele sale la gătit, până ce Adam şi-a dat ochii peste cap şi a spus:

-Las-o baltă, Nick. E de ajuns.

Bărbații i-au povestit Dianei unele întâmplări din trecutul lor. Desigur, nu au intrat în detalii sângeroase, și au vorbit numai despre momentele amuzante pe care le-au petrecut împreună.

Diane și-a dat seama că editau pvestirile pentru a se potrivi cu ce credeau ei despre ea. Nu că o deranja. De fapt, prefera să nu cunoască anumite amănunte.

În timp ce mâncau, Ryan a trimis un mesaj să-i anunțe că ajungeau acolo în după-masa aceea. Adam i-a citit mesajul și a surâs.

-Ce este așa de amuzant? a vrut Nick să știe.

-Eram sigur că Kate nu va rămâne acasă. Ryan e ca plastelina în mâinile ei.

-Nu fi chiar așa de sigur, își scutură Nick capul. Când vine vorba de siguranța ei, nu mai este el plastelină în mâinile ei, replică Nick. E imposibil să nu îți amintești ce s-a întâmplat înainte de nunta lor, îi aminti el lui Adam de aventura pe care au avut-o împreună.

-Ce s-a întâmplat? întrebă Diane, curiozitatea fiindu-i ațâțată.

Adam se strâmbă, iar Diane presupuse că nu dorea să-i spună despre acea aventură și se întrebă de ce.

Nick zâmbi când remarcă încruntarea lui Adam. Se aplecă în față, luă o altă felie de pâine și o rupse în două. Apoi, spuse:

-Îți voi spune eu ce s-a întâmplat.

-Hai, mă, protestă Adam, dar Nick își flutură mâna să-l facă să tacă.

-Deșteptul ăsta de-aici, a fost atras într-o capcană, începu Nick, arătând cu degetul spre Adam. A acceptat o altă misiune după ce cu toții am decis să ne retragem definitiv, spuse Nick cu repros, fixându-l cu privirea pe Adam, care se mulțumi să ridice din umeri. Când am ajuns la el, deja se ascundea de ceva vreme. Problema a fost că indivizii ăia așteptau ca să ajungem noi acolo. Voiau să ne ambuscheze pe toți și să ne termine. Adam a fost împușcat, continuă Nick sub ochii măriți ai Dianei. De trei ori, dacă îmi aduc aminte bine, spuse el, întorcându-se spre Adam pentru confirmare.

-Mai contează? mârâi Adam.

-A fost rău? întrebă Diane abia audibil.

Când Nick îi confirmă temerile dând din cap, durerea o lovi drept în suflet. Fără să-și dea seama de gestul ei, începu să-i mângâie brațul lui Adam.

Poate că nu e chiar așa de rău dacă Nick îi spune ce s-a întâmplat. Oh, la naiba, chiar atât de patetic am ajuns? reflectă Adam.

După aceea, își scutură capul și mișcarea atrase ochii întrebători ai Dianei. El ridică din umeri, ca de obicei, ca s-i arate că nu era nimic important.

-Ce s-a întâmplat după aceea? își îndreptă Diane atenția din nou către Nick.

Cu toate acestea, degetele ei nu se opriră, ci continuară să-i mângâie brațul lui Adam. El nu simți nevoia să-i atragă atenția asupra gestului ei, ba chiar decise că îi plăcea să-i simtă degetele pe piele.

-A trebuit să stăm ascunși vreo câteva săptămâni... de fapt, au fost chiar câteva luni... Adam fusese rănit rău de tot, iar pentru o vreme, nu am știut dacă va trăi sau va muri, își aminti Nick cu o privire posomorâtă.

Degetele Dianei tremurară pe pielea lui Adam, iar el i le acoperi cu ale lui. Îi strânse degetele pentru a o asigura că totul era bine, iar apoi îi trase mâna spre el. După ce puse un sărut ușor pe încheietura degetelor ei, îi prinse mâna mică între cele două palme ale lui mari.

Nick pretinse că nu observa nimic și continuă cu povestirea.

-Ryan a intrat în legătură cu Kate pe Internet. Aveam nevoie de bani din moment ce nu puteam să ne folosim cardurile și...

Diane sări de pe scaun și îl întrerupse:

-Vrei să spui că Ryan o voia pe Kate ca să ajungă la banii ei?

Ochii i se măriseră ca urmare a surprizei neplăcute.

-Nu a fost așa, pentru Dumnezeu, interveni Adam și o trase înapoi jos pe scaun. Ryan deja decisese să caute o femeie cu ajutorul Internetului pentru o relație serioasă cu ea. Și nu i-am luat banii, iar apoi am fugit cu ei. Evident că intenționam să-i dăm banii înapoi, Diane. Nu suntem genul ăla de oameni, protestă el, iar chipul i se întunecă.

O fulgeră cu ochii, găsindu-i reacția foarte neplăcută.

-La început Kate a reacționat exact ca tine, Diane, interveni Nick, clătinându-și capul. Cu toate acestea, tot și-a făcut partea. I-a adus banii lui Ryan și, de fapt, astfel ne-a salvat pe toți. Amândoi s-au îndrăgostit unul de celălalt ca nebunii, și în numai câteva ore, zâmbi el cu căldură.

-Mda, zise Adam. Nici măcar nu ajunsesem la avion și el o ceruse deja de soție, își scutură el capul ca și cum tot nu ar fi putut înțelege comportamentul lui Ryan.

Nick îl împunse cu pumnul.

OCHI ÎN ÎNTUNERIC

-Hai, mă, că a fost cea mai bună decizie pe care a făcut-o Ryan vreodată. Au o căsătorie bună, spun eu, chiar dacă a trecut doar puțin mai mult de un an.

-Da, a fost, zâmbi Adam. Nu se plictisesc niciodată și dragostea lor s-a pornit la fel de repede ca o petardă, râse el.

-Mă întreb cum de pot ajunge aici atât de repede, se minună Diane. Am avut impresia că Ryan a spus că locuiesc în Montreal.

-Da, locuiesc în Montreal. Acolo e magazinul lui Kate, iar Ryan și-a deschis o afacere în zonă, spuse Adam.

-A fost o mișcare înțeleaptă, interveni Nick. El oricum nu avea nimic aranjat în altă parte, iar Kate deja își clădise o afacere acolo.

-Nici nu am spus altfel, remarcă Adam, ridicând o sprânceană.

-Nu am spus că ai zis, replică Nick pe un ton calm. Dar da, Diane are dreptate aici. Cum se face că pot fi aici atât de repede?

-A spus că detaliile vor urma, ridică Adam din umeri. De unde vrei să știu eu?

-Deci care este planul pentru după-masa aceasta? întrebă Diane pentru a le întrerupe ciondăneala.

-O verificare de rutină a perimetrului la fiecare două ore, presupun, se aventură Nick să spună.

Adam dădu din cap.

-Exact. Îl iau eu pe primul în aproximativ o oră, iar tu îl iei pe următorul, okay?

Nick îi acceptă planul, iar apoi își terminară prânzul în tăcere. Realitatea mereu găsea o cale de-a se face simțită când nu trebuia.

Bărbații o ajutară pe Diane să cureţe masa şi se oferiră să spele vasele, ceea ce ea acceptă cu dragă inimă. Se simţi oarecum vinovată ştiind că şi ei aveau munca lor, dar sentimentul de vină nu dură prea mult. De fapt, nu dură nici măcar o secundă. Nu îi prea plăcea să spele vasele.

Îi lăsă la chiuvetă, unde Adam avea deja mâinile scufundate în apa cu săpun, şi o porni spre hol.

-Hei, unde te duci? se întoarse el spre ea şi o întrebă.

Diane se întoarse şi ea şi se uită cu înţeles la apa şi spuma care curgeau pe podea. Lui Adam nu îi păsa defel. Cu o încruntare severă între sprâncene, continuă să-şi îndrepte privirea intimidantă spre ea.

-Oh, Isuse, doar nu părăsesc casa, îşi aruncă ea mâinile în aer, frustrată din cauza neîncrederii lui. S-ar putea să stau pe verandă pentru puţină...

-De ce?

-Să desenez, deşteptule, replică ea. Am o expoziţie curând şi nu am făcut prea multe.

-Ah, în regulă. Să stai unde pot ajunge la tine rapid, îi ordonă el şi se întoarse la vase.

Adam putea să-i audă rotiţele din creier învârtindu-se şi îi simţea frustrarea înverşunată. Cu un rânjet pe buze, continuă să spele vasele meticulos.

Diane ieşi din bucătărie cu paşi apăsaţi, iar Nick îşi scutură capul.

-Îţi place să o aţâţi, Adam.

-Şi ce dacă? ridică el din umeri.

-S-ar putea să o pierzi dacă continui pe drumul ăsta, îi replică Nick cu înţelepciune.

OCHI ÎN ÎNTUNERIC

Adam se întoarse spre el încet. Ochii lui erau plini de uimire.

-Despre ce naiba vorbești?

-Hai, amice, sunt eu, Nick. Nu trebuie să joci jocuri cu mine. Este clar ca și cristalul că voi doi aveți o chestie fierbinte unul pentru altul.

-Și ce dacă? întrebă Adam defensiv. O să treacă, o să vezi, afirmă el cu nonșalanță.

-Încerci atât de tare să nu-ți pese că ești de râsul lumii, își scutură Nick capul.

-Las-o baltă, mârâi Adam.

-Dacă spui tu, Nick răspunse și se apucă să șteargă farfuriile.

CAPITOLUL 14

LA PATRU DUPĂ MASA, mașina lui Kate și Ryan intră în curtea fermei. Ryan conducea încet, urmând directivele lui Adam. Capcanele se găseau încă în funcțiune și el unul ar fi preferat să ajungă la casa fermei într-o singură bucată.

Ryan nici măcar nu apucă să oprească motorul că deja Kate ieși din mașină și trânti portiera în urma ei. Cu pași apăsați o porni spre scări unde Diane, Adam și Nick așteptau.

Sprâncenele lui Adam i se ridicară pe frunte, iar Nick îi aruncă o privire întunecată.

Ryan o urmă cu pași mari și o ajunse din urmă înainte ca ea să ajungă la scări. Încercă să o prindă de braț, dar ea se trase la o parte cu iritare.

-Necazuri în paradis? întrebă Adam, iar Ryan își arătă dinții.

Nick îl lovi pe Adam cu cotul pentru a-l atenționa să-și țină gura închisă. Adam avea rarul talent de a-l scoate complet din țâțâni pe Ryan, mai ales când venea vorba de Kate.

-M-a mințit, acuză Ryan, arătând cu degetul spre Kate, iar gura i se strânse într-o linie dură.

Ea se întoarse rapid spre el și își împinse ochelarii de soare spre vârful capului ca să fie sigură că el îi va vedea disprețul din ochi.

-Nu te-am mințit, Ryan. Pur și simplu nu ți-am spus înainte de a pleca de acasă. Este o diferență, replică Kate.

-Asta înseamnă a minți, Kate. Verifică dicționarul, i-o întoarse el.

-Ai un dicționar? se întoarse Kate iritată spre Diane. Vreau să-i dovedesc babuinului ăsta că am dreptate.

Timp de o clipă, Diane păru un cerb prins în farurile unei mașini care circula la viteză maximă pe autostradă. Privi spre Adam și apoi spre Nick, dar ei nu-i oferiră nici un fel de sugestie. Pur și simplu zâmbiră.

După aceea, se întoarse înapoi spre Kate și spuse ezitant:

-Cred că este un dicționar în birou, arătă ea spre casă. Dacă vrei, mă duc să verific, propuse ea, nesigură de ce ar fi trebuit să facă.

Adam rânji. Confuzia Dianei i se arăta pe chip și îl amuza.

E atât de al naibii de dulce, reflectă el și, timp de un moment, uită de toate ezitările pe care le avusese mai devreme. O trase lângă el, strângând-o cu un braț în jurul taliei.

Diane își întoarse ochii măriți spre el și își mușcă buza inferioară. I se păruse ei că bărbatul o plăcea într-un fel, dar Adam avea mereu grijă să se țină la o oarecare distanță. Noaptea trecută, când el a decis să doarmă lângă ea în patul ei, i se păruse o aberație.

Adam o strânse ușor.

-Cred că mai întâi ar trebui să aflăm care este subiectul de discuție, îi spuse el și îi zâmbi.

-Vă spun eu despre ce e vorba, spuse Ryan furios. Este însărcinată, continuă el pe un ton acuzator, îndreptând un deget spre Kate.

OCHI ÎN ÎNTUNERIC

Kate se mulţumi să ridice din umeri şi păstră o înfăţişare indiferentă. Ceilalţi priviră de la Kate la Ryan, neînţelegând care era de fapt problema.

Nick îşi reveni primul şi, după ce tuşi discret, întrebă:

-Şi asta este o prblemă pentru că...

-Am crezut că vrei copii, sări şi Adam. Doar tot dădeai din gură despre vârsta ta şi faptul că vrei copii acum când încă mai poţi ţine pasul cu ei... Pur şi simplu ni se făcea rău să te tot auzim. Aşa că nu văd care este problema acum.

-Problema este că nu mi-a spus că este însărcinată decât când eram la jumătatea drumului încoace, urlă Ryan.

La fel de rece precum un castravete, Kate îl contrazise:

-De fapt ţi-am spus numai după ce am închiriat maşina.

-Exact, strigă Ryan la ea.

-Asta nu înseamnă jumătatea drmului, Ryan, îi explică ea cu răbdare, iar Ryan explodă.

-Ahhh.

Îşi puse mâinile pe şolduri şi se întoarse. Făcu câţiva paşi înapoi în curte, iar apoi se întoarse.

-Problema este că am venit aici să îl ajutăm pe Adam cu situaţia aceasta, încercă Ryan să raţioneze cu ea.

-Şi? întrebă Kate, ridicându-şi sprâncenele. Nu văd de ce ar fi asta o problemă, repetă Kate cuvintele lui Adam de mai devreme.

-Eşti însărcinată, femeie, reiteră Ryan ceea ce lui i se părea extrem de evident.

-Şi de ce te-ar deranja acest lucru? ceru ea mai multe explicaţii.

-Nu pot să te ştiu în mijlocul unei situaţii când eşti însărcinată. Ce-i atât de dificil de priceput? îşi aruncă el mâinile în aer.

-Nu văd de ce o chestie ar exclude-o pe cealaltă, ridică ea din umeri. Oricum, suntem aici şi ar trebui să ne descurcăm cât putem de bine în această situaţie, încercă ea să încheie discuţia pe un ton de gheaţă.

-Da, suntem aici din cauza ta. Pentru că m-ai minţit, zbieră Ryan din nou.

Kate doar îşi dădu ochii peste cap şi îi întinse mâna Dianei.

-Apropo, eu sunt Kate. Cel care urlă de parcă şi-a pierdut toate doagele este *drăgălaşul* meu soţ, Ryan. Sper că nu te deranjăm, spuse ea, strângând mâna Dianei.

-Nu... nu... se bâlbâi Diane. Vreau să spun că sunt fericită că aţi ajuns aici. Ai vrea să te împrospătezi puţin? Te-aş putea conduce la camera voastră, se oferi ea.

-Asta ar fi fantastic. Chiar am nevoie de aşa ceva după o călătorie în maşină cu masculul ăla arogant şi urlător, aruncă ea peste umăr ca să o audă Ryan, iar apoi aproape că o trase pe Diane în casă.

Adam rânji, iar Nick îl bătu pe Ryan pe umăr.

-Totul va fi bine, îi spuse el. Nu vom permite să i se întâmple nimic, prietene, îl asigură el pe Ryan.

Ryan aprobă cu o mişcare a capului şi îi îmbrăţişă pe amândoi.

-Hai să discutăm despre problema de care trebuie să ne ocupăm.

OCHI ÎN ÎNTUNERIC

Adam şi Nick aprobară la unison şi îl conduseră spre bucătărie. Camera devenise centrul operaţional pentru că Adam observase că lui Diane îi plăcea cel mai mult să stea acolo.

Urmându-i pe Nick şi Ryan în casă, Adam se gândi la Kate şi Diane. Aparenţa lor fizică ar fi confuzionat pe oricine. Diane părea şi aprigă, dar şi calmă în acelaşi timp, în timp ce Kate părea calmă şi cu o inimă caldă. Şi cu toate acestea, Kate putea să se înfigă în cineva fără probleme, folosind întotdeauna acea voce rece şi controlată a ei.

Lui Adam îi plăcea Kate, dar o prefera pe Diane. Era mult mai deschisă. Nu ascundea ceea ce simţea şi nici nu dădea înapoi într-o confruntare cu el. Putea să îi ţină piept foarte bine.

Oh, da, efectiv îmi place cum arată şi îmi plac reacţiile ei. Iubesc... Oh, Doamne, îngheţă Adam. Îşi trecu degetele prin păr şi încercă să se obişnuiască cu ideea care tocmai îi trecuse prin cap.

-Vii amice? întrebă Ryan.

Adam nu-l auzi. Rămăsese pe loc, meditând la revelaţia pe care tocmai o avusese.

-Cum cad cei puternici, îi şopti Nick lui Ryan. Cred că tocmai şi-a dat seama că a fost prins complet şi fără scăpare, rânji el. Hai să-l lăsăm singur un moment. Mai târziu vom avea tot timpul din lume să îi amintim de ce a spus la nunta ta, râse el.

CAPITOLUL 15

-DOMNUL MONROE ŞI OAMENII săi sunt aici, Domnul Phelps, spuse Vera, menajera, oprindu-se în pragul uşii.

-Foarte bine, Vera, adu-i aici, iar apoi ai restul zilei liber. Munceşti din greu şi o meriţi, o complimentă el. I-am spus lui Jim să te ducă cu maşina la Florence. Poţi merge la cumpărături şi să te relaxezi un pic, adăugă el şi, aplecându-se în faţă, îi întinse un plic cu câteva bancnote.

Vera luă plicul, iar plăcerea îi coloră obrajii. Îşi murmură mulţumirile, nevenindu-i să creadă că avea asemenea noroc.

-Nu am nevoie de tine până mâine în jur de zece, aşa că nu este nevoie să te grăbeşti să te întorci. Iar Jim îţi va ţine companie, îi mai spuse Phelps, ridicându-se în picioare în spatele biroului său.

Ştia că era ceva între menajera lui, o femeie de vârstă medie, şi şoferul lui. Aveau un fel de relaţie. Avea mereu grijă să ştie totul despre oamenii pe care îi angaja. Nu se ştia niciodată când o anumită informaţie ar fi fost folositoare. Ca acum.

-Te rog, înainte să pleci, spune-i lui Duffy că am nevoie de el şi de echipa lui în biroul meu peste vreo zece minute.

-Da, domnule, mulţumesc, domnule, replică Vera fericită, iar fericirea îi îngroşă accentul.

Plecă în grabă, aproape ţopăind în jos pe hol. Phelps privi după ea cu îngăduinţă.

Înconjură biroul şi se duse să-şi toarne un bourbon din barul ascuns în spatele unor cărţi juridice.

Lui Phelps îi surâdeau astfel de oximorone. Când avea în jur de douăzeci de ani, îşi păstra cutia cu prezervative într-o cutie care avea un bebeluş dolofan pictat pe capac.

Se auzi un ciocănit la uşă. La invitaţia lui Phelps, Monroe intră în birou urmat de cei doi asociaţi ai săi, Webb şi Donald.

Phelps nu se obosi să-şi arunce privirea la nici unul dintre ei şi se aşeză într-un fotoliu situat lângă canapeaua maronie, plasată în zona din biroul său amenajată pentru discuţii.

Sorbi leneş din bourbonul său şi numai când a decis că i-a lăsat să fiarbă suficient, şi-a aruncat privirea la cei trei bărbaţi.

Păreau să nu se simtă în largul lor şi vădeau semne de nesiguranţă, iar aceea fusese de fapt intenţia lui Phelps de la început.

Un zâmbet urât îi apăru pe buze, şi întrebă:

-Deci cum mai merge micuţa noastră afacere, Monroe?

-Încă facem planuri, domnule, spuse el frecându-şi mâinile.

Phelps îl făcea să se simtă nelalocul lui de fiecare dată când se întâlneau.

-Chiar aşa? întrebă Phelps cu o voce dură. Şi ce fel de planuri faci?

-Cum să ajungem la femeie. Este o treabă de fineţe, domnule. Trebuie să aruncăm vina pe tipul care locuieşte cu ea, specifică Monroe.

-Şi cam cum crezi că vei face asta?

-Încă ne gândim la scenarii posibile, domnule, spuse Monroe, iar ceilalţi doi îl aprobară dând din cap.

OCHI ÎN ÎNTUNERIC

-Ei bine, s-a terminat cu gânditul, replică Phelps pe același ton dur. Alte trei persoane s-au mutat la fermă deja. Fereastra ta de oportunitate s-a închis, Monroe, spuse el ridicându-se în picioare și semnalând cu mâna la cineva aflat în spatele celor trei. Și timpul tău s-a încheiat de asemenea, mai spuse el pe un ton plat.

Monroe înregistră pericolul, dar era deja mult prea târziu. Cineva îl înhăță brațele din spate și îi înconjură încheieturile de la mâini cu o frânghie. El încercă să se lupte, dar bărbatul care îl ținea de brațe era mai mare și mai puternic.

Cei doi însoțitori ai săi începură să țipe și să se explice. Într-un final, toți trei au început să implore clemență, dar fără a avea succes.

Phelps le făcu semn oamenilor să-i scoată afară.

-Duff, se adresă el celui aflat la conducere, vreau să te descotorosești de ei în asemenea fel încât nimeni să nu le poată găsi urma aici la fermă sau să facă legătura cu mine.

-Mă gândeam eu, spuse Duff pe un ton leneș.

Își scărpină capul câteva secunde, mestecându-și tutunul în continuare. Ochii lui alergau peste tot, dar îl ocoleau pe Phelps.

-Cea mai bună cale este să-i zburăm deasupra Stâncoșilor și să-i aruncăm din avion pe undeva pe-acolo. Nu cred că poate careva să găsească vreo urmă pe un corp care s-a prăbușit de la 5.000 de picioare. Ha? Ce părere ai? întrebă el și scuipă pe podea.

Phelps îl disprețuia pe Duff, dar știa că va duce treaba la bun sfârșit. Cu o mișcare scurtă din cap confirmă că este de acord cu planul lui, iar cei trei foști angajați ai săi au fost scoși din casă.

-Vreau să trecem în revistă planul tău legat de femeie mâine dimineaţă, spuse el, iar Duff întoarse capul spre el, să-i dea de înţeles că i-a auzit cererea. Să fii aici la opt dimineaţa, ordonă Phelps.

Phelps continuă să audă strigătele foştilor săi angajaţi până în momentul în care aceştia au fost legaţi şi îndesaţi într-un portbagaj. Se felicită că s-a gândit să le dea după-masa şi seara liberă celor doi angajaţi care locuiau în casa fermei.

Se aşteptase ca cei trei să se plângă şi să implore. Într-un fel, i-au făcut ziua.

CAPITOLUL 16

DISCUTASERĂ PERIMETRUL şi posibilele căi de atac în seara precedentă. Adam şi Nick îi arătaseră deja zona înconjurătoare lui Ryan.

Acum pur şi simplu patrulau zona din când în când. Uneori îşi făceau rondurile după patruzeci şi cinci de minute, alteori după o oră. Nu doreau să devină predictibili. Predictibilitatea conducea întotdeauna la eşec.

Cum Kate se găsea în casă cu Diane, Adam nu se mai îngrijora aşa de tare că ar pleca pe undeva de capul ei. Ştia că Kate nu i-o va permite şi Diane nu dorea să o supere pe Kate.

Adam rânji. Kate ştia să îşi exploateze sarcina la maximum. Deja Ryan îi mânca din mâna ei micuţă. Nimic nu părea să fie sub demnitatea ei.

Când i se făcuse rău de dimineaţă, Ryan a trecut prin infern.

Ca şi cum el ar fi avut greţuri de dimineaţă, reflectă Adam şi îşi scutură capul.

Faţa lui Ryan a fost verde mai mult de jumătate de oră.

De asemenea, Kate o convinsese pe Diane să nu o lase singură explicându-i că avea nevoie de companie constantă pentru că avea perioade de ameţeală şi nu dorea să-şi pună bebeluşul în pericol dacă ar fi căzut.

Adam nu o credea deloc. Era clar că Kate a fost în stare bună de sănătate pentru că altfel nu l-ar fi convins pe Ryan să o ia cu el. Era imposibil ca brusc să fi început să aibă ameţeli.

Dar cu toate acestea, nu a simţit nevoia să atragă atenţia asupra acelui lucru. Kate o ţinea pe Diane alături de ea şi asta conta, în fond, pentru el.

Adam îşi patrulă partea lui de pădure şi chiar dacă era atent la absolut tot ce se întâmpla în jur, gândurile lui se întorceau mereu la Diane.

Avusese un şoc cu o zi înainte când sentimentele lui faţă de Diane au ieşit la suprafaţă din senin. Îşi dăduse seama ce însemna Diane pentru el şi acel lucru îl speria înfiorător.

Adam nu avusese niciodată o relaţie înainte. Chiar şi ca adolescent, evitase orice fel de complicaţii, iar pentru el, o relaţie însemna o complicaţie majoră.

Se întâlnise cu nenumărate femei, dar niciodată nu se întâlnise cu aceeaşi femeie mai mult de trei sau patru ori. De asemenea, se complăcuse în destul de multe relaţii de o noapte. Întotdeauna folosise protecţie, aşa că nu i s-a părut că ar fi avut de ce să-şi facă griji.

Fratele lui, James, îl etichetase ca fiind un bărbat egoist. Adam se posomorî amintindu-şi de ultima lor conversaţie. Îşi spuseseră cuvinte grele, dar chiar şi atunci, Adam era conştient că fratele său avea dreptate.

James a încercat să lege punţile între ei în scrisoarea pe care o lăsase pentru Adam împreună cu testamentul lui. Sperase că Adam nu va trebui niciodată să o citească şi că el va fi capabil să-i spună totul prin viu grai, faţă în faţă, dar soarta a decretat altfel.

OCHI ÎN ÎNTUNERIC

James l-a sfătuit pe Adam să nu se teamă să-și facă o viață pentru el însuși. Știa că percepția incorectă a părinților lor despre Adam îl făcuse pe acesta să se îndoiască de abilitatea lui de a se gândi la altcineva decât la el însuși și să-și asume responsabilități.

Lui Adam nu-i plăcuseră niciodată sarcinile ce îi erau desemnate la fermă și avusese mare grijă să nu fie racolat în nici unul din proiectele pe care părinții lor le plănuiau pentru fermă.

El visa să vadă lumea. Dorea să-și lărgească orizontul dincolo de ce putea să-i ofere acea fermă mică și prăfuită.

Când Adam s-a înrolat în armată, evident că l-au certat. Nu puteau înțelege de ce ar renunța el la munca de la fermă. I-au spus că se comporta ca un puști răsfățat care refuza să se maturizeze.

De aceea, James era convins că refuzul lui Adam de intra într-o relație strânsă cu o femeie, dincolo de faptul că-i vizita patul o dată sau de două ori, era de fapt consecința cuvintelor părinților lor și faptului că l-au tot învinuit pentru multe lucruri de-a lungul vieții.

Scrisese toate acelea în scrisoarea sa finală și îi ceruse lui Adam să înțeleagă că el putea fi în fapt ceea ce își dorea el să fie. Trebuia numai să lase trecutul în urmă, acolo unde îi era locul, și să-și construiască un viitor pentru el însuși.

Adam nu se gândea la scrisoarea lui James foarte des. Se gândea destul de des să-l răzbune pe el și familia sa, dar nu reflecta la altceva.

Diane schimbase toate acele lucruri. Prezența ei îl făcea dornic să creadă că putea avea ceea ce James îl îndemnase să construiască.

Adam se opri din mers. Un zgomot vag din partea stângă îl avertiză că un intrus era în zonă. Nu ştia dacă era un animal sau o persoană şi decise să aştepte ca să vadă.

Se ascunse în spatele unui trunchi gros de copac, poziţionându-şi mâna dreaptă pe arma pe care o avea înfiptă la betelie.

O şoaptă ajunse la urechile lui.

-Pe-acolo, Tom.

Identificând astfel de unde venea ameninţarea, Adam se ghemui jos, cu pistolul în mână, gata de atac. Nu a trebuit să aştepte mult timp. Brusc, se găsi în foc încrucişat din ambele părţi.

Oh, nu, nu o să reuşiţi, se gândi el.

Aşteptă ca o altă salvă de gloanţe să treacă pe lângă el pentru a determina cu acurateţe de unde venea primejdia. Apoi începu să tragă şi el şi avu satisfacţia să audă un ţipăt.

Unul e la pământ, mai sunt doi de terminat, reflectă el, când o altă salvă de gloanţe veni spre el din alt unghi.

Îi trebuiră trei încercări ca să scoată din funcţiune un alt atacant şi începuse deja să se distreze. Dusese dorul adrenalinei care îi alerga prin vene în astfel de situaţii, o senzaţie pe care i-o ofereau operaţiunile la care luase parte.

Brusc, pădurea deveni vie cu împuşcături. Adam se încruntă. Nick şi Ryan se aflau şi ei sub atac.

Lucrurile nu stăteau prea bine. Femeile rămăseseră singure în casă, iar ei erau ţintuiţi acolo.

Ghicindu-le jocul, Adam urlă de furie. Sări în sus şi de sub acoperirea trunchiului de copac începu să plouă cu gloanţe într-un cerc larg. Scoase şi celălalt pistol pe care îl păstra la spate şi trase cu amândouă în acelaş timp.

OCHI ÎN ÎNTUNERIC

Nu foarte înțelept în ceea ce privește conservarea muniției, dar imposibil să-i ratez, reflectă el.

Avea destule cutii cu muniție acasă, așa că nu prea conta.

Adam goli ambele magazine rapid și reîncărcă pistoalele. Mai avu nevoie de jumătate din numărul de gloanțe de la fiecare pistol pentru a aduce liniștea în zonă. Nimeni nu mai trăgea în el.

Cu grijă, avansă spre locația atacatorilor. În primul trup peste care dădu, numără cinci gloanțe. Nu departe de acesta, găsi un al doilea bărbat. Fusese împușcat în cap și probabil un al doilea glonte îi trecuse prin braț când se afla deja în cădere.

După ce mai căută prin jur, găsi un al treilea om, care încă respira. Bărbatul încercă să își ia arma și să îl împuște pe Adam, dar un glonte îi trecuse prin podul palmei și nu mai reușea să-și curbeze degetele în jurul pistolului.

-Câți mai sunt? îl întrebă Adam pe un ton dur, după ce îi dădu un șut pistolului de lângă omul de pe pământ.

Îl apucă de pieptul cămășii și îl ridică în șezut. Bărbatul începu să respire din ce în ce mai greu. Sângele îi curgea în jos pe bărbie și adăugă noi pete pe cămașa albă.

-Câți? mârâi Adam din nou printre dinți.

-Destui, răspunse omul cu dificultate, iar apoi leșină.

Adam se ridică în picioare și îi trase un șut de supărare. Știa că omul nu va supraviețui, pentru că cel puțin unul dintre plămânii îi fusese perforat.

Brusc, Adam își dădu seama de tăcerea care se întindea în jur. Nu se mai auzeau nici un fel de împușcături dinspre pozițiile lui Ryan sau Nick. Cu o față posomorâtă, își scoase telefonul celular și apăsă pe tasta pe care programase numărul lui Ryan.

-Sunt bine, spuse Ryan înainte ca Adam să-l poată întreba ceva. Tocmai am vorbit cu Nick. Şi el este în regulă.

-Trebuie să mergem înapoi la fermă, spuse Adam printre dinţii încleştaţi. Femeile sunt singure. Mi-e teamă că am fost atraşi într-o cursă, continuă Adam, iar apoi începu să se blesteme.

-Ştiu, replică Ryan. Calmează-te. Trebuie să ne păstrăm calmul acum. Ne întâlnim la fermă, mai spuse el şi închise.

S-AU ÎNTÂLNIT ÎN CURTEA din faţă a fermei. Avansară spre casă cu chipurile întunecate din cauza îngrijorării. Uşa fusese spartă, iar inima lui Adam se opri o clipă şi brusc o luă la fugă în sus pe scări.

Nick îşi scutură capul neplăcut surprins de acţiunea lui. Adam aruncase deoparte orice fel de precauţie şi doar ştia mai bine de atât. O altă cursă îi putea aştepta înăuntru.

Atât Nick şi Ryan şi-au scos pistoalele. Nick îi semnală lui Ryan să se ducă spre spatele clădirii, iar Ryan aprobă cu o înclinare a capului.

Nick făcu numai câţiva paşi când urletul lui Adam veni din interior şi îi îngheţă sângele în vene. Imediat după aceea, Adam îl strigă pe Ryan.

-Ryan, vino aici, acum.

Inima lui Ryan aproape se opri, dar bărbatul se forţă să alerge în sus pe scări. Îşi simţea picioarele nesigure, de parcă ar fi fost făcute din spaghetti care au fost fierte prea mult timp.

Nick uită şi el de precauţii şi îl urmă în casă. În fond, Adam era viu, deci nu era nici un fel de cursă.

OCHI ÎN ÎNTUNERIC

Îl găsiră pe Adam aplecat deasupra lui Kate în living. Femeia zăcea pe covor, ghemuită ca o minge. Arăta mică, mai mică decât era.

Ryan se grăbi lângă ea şi îi atinse faţa, unde îi curgea sângele. Frica îi cuprinse tot corpul, iar degetele îi tremurară.

Ryan simţea că un pumn îi strângea inima. Sângele coagulat îi pătase părul lui Kate, iar unul din ochii ei deja se umflase.

O secundă după aceea, remarcă sângele de sub unghiile ei, iar umbra unui zâmbet îi tremură pe buze. Micuţa lui pisicuţă feroce luase un strat de piele de pe cineva.

-Este...? începu Nick să întrebe, dar nu reuşi să termine întrebarea.

Ryan dădu din cap.

-Da, este în viaţă. Evident că va trebui să văd exact cât de rănită este, dar respiră, spuse el, privind pieptul lui Kate care se ridica şi se lăsa în jos ritmic.

-Asta-i bine, aprobă Nick înclinând capul, iar uşurarea îi răsună în voce.

Se întoarse să-i vorbească lui Adam, dar Adam nu mai era acolo.

-Adam, unde naiba te-ai dus? strigă el.

O uşă trântită la etaj îi dădu răspunsul. Ryan şi Adam priviră în sus spre tavan de parcă ar fi putut vedea prin el. O altă uşă se trânti într-un perete, iar apoi paşii lui Adam bubuiră în jos pe scări.

Alb la faţă şi ciufulit, Adam apăru în uşă. Ochii îi ardeau de mânie.

-Au luat-o, anunţă el pe o voce sumbră.

Îşi împinse degetele tremurătoare prin păr şi închise ochii. Gura îi era strânsă şi întregul său corp era rigid. Eşuase în a-i oferi protecţie Dianei, iar vina îi măcina sufletul.

Brusc, Adam urlă şi lovi zidul cu pumnul, lăsând o gaură în urmă. Încheieturile degetelor începură să-i sângereze, dar el nici măcar nu remarcă.

-Mă duc după ea, decise el şi cu determinare o porni spre uşă.

Nick păşi în faţa lui şi Adam mârâi.

-Dă-te la o parte, Nick. Nu-mi pasă că eşti tu. Îmi voi planta pumnul în moaca ta.

-Nu e nevoie de asta, Adam. Vom merge cu toţii după Diane, spuse el şi îşi puse mâna pe umărul lui Adam.

Adam îi dădu mâna la o parte şi replică:

-Ea este responsabilitatea mea. Iar eu am dezamăgit-o. Trebuie să-mi răscumpăr greşeala.

-Cum ai dezamăgit-o? veni vocea slăbită a lui Kate din spatele lui.

Adam se întoarse spre ea, iar ochii i se luminară de încântare că femeia era din nou conştientă.

-Mă bucur că eşti în regulă, Kate, spuse el. Ryan va sta aici cu tine. Eu trebuie să merg şi să o recuperez pe Diane.

-Unde? îl întrebă Ryan, ajutând-o pe Kate să se ridice în şezut.

-Am suspiciunile mele. James, fratele meu, mi-a spus cine voia să-i ia pământul. James şi familia lui au sfârşit morţi din cauză că a refuzat să vândă. Presupun că acelaşi tip este şi după Diane, îi explică Adam.

-Un domn Phelps? întrebă Kate şi toţi ochii se întoarseră spre ea cu uimire.

-Unde ai auzit de el? întrebă Adam.

Ea dădu din umeri şi se ghemui mai bine în braţele lui Ryan. Când se simţi destul de comfortabil, continuă:

-Au crezut că eram deja inconştientă, aşa că nu le-a mai păsat de ce spuneau. Am rămas conştientă destul timp ca să aud ceva de genul *Domnul Phelps va fi satisfăcut acum că o va primi pe târfuliţa asta.* Îmi pare rău, Adam, dar asta au spus.

Adam îşi flutură mână să-i îndepărteze îngrijorarea pe care i-o auzise în voce. Nu-i păsa de ce spuseseră ticăloşii aia.

-Ce ştii despre acest individ? îl întrebă Nick pe Adam.

-Este foarte bogat. Foarte respectat şi temut. Înţeleg că are în buzunar şerifii din vreo cinci ţinuturi, le explică Adam, masându-şi gâtul.

Tensiunea îi înnodase muşchii şi trebuia să fie capabil să se miște rapid.

-Asta înseamnă că este şi foarte bine protejat, observă Ryan.

Adam se mulţumi să dea din cap, iar apoi ridică din umeri.

-Nu are importanţă, Ryan. Voi ajunge la el, spuse Adam şi se întoarse să plece.

-Adam, îl strigă Kate înapoi. Le-am auzit gândurile. Trebuie să fii capabil să intri înăuntru şi să o iei. Dacă nu ai un plan serios şi mori încercând, atunci şi ea este moartă, îi spuse Kate pe un ton liniştit.

Nick nu crezuse că Adam ar fi putut deveni mai palid decât înainte, dar a observat că putea.

-Ce vrei să spui? întrebă el.

-Vor să o facă să semneze nişte hârtii. Înţeleg că li s-a dat mână liberă în ceea ce priveşte metoda de convingere. Singurul lor scop este să o facă să semneze că le dă proprietatea fermei. Le-am citit minţile. O vor omorî oricum. Nu contează dacă semnează sau nu, îi explică Kate pe o voce tristă.

-În regulă, trebuie să ne planificăm strategia, spuse Ryan.

O luă pe Kate în braţe şi se îndreptă spre sofa. Se aşeză pe sofa, ţinându-şi soţia în poală cu grijă.

-De ce vrea omul ăsta ferma ei? îl întrebă el pe Adam.

-Pot doar să ghicesc, replică Adam. James mi-a scris că existau unele zvonuri. Phelps vrea să posede toată partea aceasta a Montanei. A făcut o grămadă de bani fiind nemilos. Aparent, organizează două tipuri de vânători pe terenurile lui, iar ambele sunt foarte scumpe dacă vrei să iei parte. Are clienţi care vânează animale exotice şi clienţi care vânează oameni.

-Ce vrei să spui? întrebă Kate, iar chipul ei deveni atât de palid încât ieşea în evidenţă sângele care i-o pătase.

-Vânători de oameni reale. Eliberează unul din oamenii pe care îi ţin prizonieri, de obicei imigranţi ilegali sau refugiaţi, iar apoi îi vânează cu câini şi toate cele. Ca o vânătoare de vulpi, dacă vrei, le explică Adam.

-Oh, Dumnezeule, Ryan, trebuie să faci ceva! strigă Kate, şocată să audă că astfel de lucruri se întâmplau în viaţa reală.

-O vom face, Kate, nu-ţi fă griji. Au spus că o duc pe Diane la casa acestui individ, Phelps? o întrebă el şi îi netezi părul pe cap.

-Da, asta au spus, aprobă ea dând din cap.

-Înţeleg. Ei bine, li se adresă Ryan lui Adam şi Nick, cred că mai bine îl sunăm pe Mark.

-Omule, nu am timp să îl aştept pe Mark, îi replică Adam furios. Diane va fi moartă până ajunge el aici.

-Nu îl vom aştepta, dar avem nevoie de el la final, Adam. Vom ataca un om foarte bogat. Şi în mod sigur îl vom termina şi pe el şi activităţile lui ilegale. Avem nevoie de acoperire pentru aşa ceva, Adam, încercă Ryan să raţioneze cu prietenul său.

-Bine, atunci. Dar aranjează totul rapid că vreau să plec acum, îi răspunse Adam pe un ton de oţel.

Abia se mai controla. Dorea numai să plece şi să-l vâneze pe omul responsabil pentru răpirea lui Diane.

Ryan îl aprobă cu un semn al capului. Înţelegea tensiunea şi starea mentală a lui Adam. Recunoştea că şi el ar fi fost în aceeaşi stare dacă gorilele acelea ar fi luat-o pe Kate.

-Adam, cât vorbesc eu cu Mark, poţi tu să o ajuţi pe Kate să ajungă la etaj şi să-şi cureţe sângele de pe ea? Aş vrea să văd exact ce răni ai, iubito, îi spuse el şi îi mângâie braţul cu tandreţe.

Ryan de asemenea spera că Adam îşi va mai domoli nerăbdarea dacă îi dădea ceva de făcut. Conta pe latura protectivă a lui Adam. Adam nu era conştient de ea, dar Ryan i-o văzuse de nenumărate ori.

-Nu te teme, Ryan, sunt bine. m-au lovit numai în faţă când nu am stat cuminte să mă lege. Aşa am primit tăietura asta aici deasupra ochiului, spuse ea şi atinse cu mare grijă locul respectiv.

Kate se strâmbă când se atinse. Locul era inflamat şi încă o durea.

-Numai un tip m-a atacat şi crede-mă că l-am făcut să-şi regrete acţiunea. I-am franjurat toată partea stângă a feţei. Vezi, şi unghiile acestea sunt bune la ceva, până la urmă, îşi flutură ea degetele în faţa ochilor lui Ryan şi zâmbi.

Ryan îi strânse degetele şi i le sărută. Apoi, îi făcu semn cu capul lui Adam care veni şi o ajută pe Kate să se ridice şi să o conducă sus.

Ryan privi după ei câteva secunde, iar apoi formă numărul lui Mark. Îi explică acestuia situaţia şi îi spuse ce intenţiona să facă.

CAPITOLUL 17

DIANE ERA LEGATĂ DE un scaun în mijlocul unuia din hambarele lui Phelps. Buza ei superioară i se crăpase, iar sângele îi cursese în jos pe bărbie.

Ştia că o vânătaie de mărimea unui pumn de bărbat îi va apare pe pometele drept mai târziu. O durea groaznic, dar durerea aceea era doar una dintre multele dureri pe care le simţea şi nu conta prea mult.

Phelps se tolănise pe un scaun adus din casă. Se delecta cu un pahar de bourbon şi un zâmbet satisfăcut îi flutura pe buze în timp ce o privea.

Alţi patru bărbaţi se găseau în jurul ei. Toţi se uitau la Phelps aşteptându-i ordinele.

-Deci, Domnişoară MacLean, în sfârşit ne întâlnim. Mi-ai cauzat o mulţime de probleme şi mi-e teamă că o să plăteşti pentru asta, spuse el pe un ton dur.

Sorbi din paharul său din nou, gândindu-se să o lase să se agite pentru o vreme. Oamenii se temeau de necunoscut.

Învăţase devreme în cariera sa să nu-şi arate cărţile prea curând şi niciodată nu divága de la acel principiu înţelept.

Diane doar îl privi şi încerca să-şi stabilizeze respiraţia. Era posibil ca una dintre coaste să-i fi fost ruptă pentru că o durea ori de câte ori respira mai adânc.

-Această afacere ar fi putut fi încheiată de multă vreme dacă ai fi avut decenţa să-mi răspunzi la scrisoarea mea, observă Phelps.

Nedumerită, Diane se uită fix la el.

-Scrisoare? Ce scrisoare?

-Nu fă pe proasta cu mine, domnişorico, o biciui el cu vocea. Ştii foarte bine că ţi-am trimis o scrisoare şi m-am oferit să-ţi cumpăr ferma. Chiar ţi-am oferit un preţ rezonabil, menţionă el.

-Nu am primit nici o scrisoare, îşi scutură Diane capul şi îşi regretă gestul imediat.

Încă nu-şi revenise complet de la lovitura pe care o primise în cap cu o zi în urmă. Pentru a înrăutăţi lucrurile şi mai mult, unul dintre atacatori o lovise cu capul de podea când venise după ea. O durea capul cumplit şi fiecare mişcare bruscă o ameţea.

-Nu mă minţi, omul urlă şi se ridică în picioare furios.

-Nu mint, spuse Diane.

Phelps, deja supărat din cauza încăpăţânării ei, se îndreptă spre ea cu paşi furioşi şi o plesni peste faţă, crăpându-i şi buza inferioară.

Diane scânci, dar apoi îl privi cu curaj, şi repetă cu încăpăţânare:

-Nu mint. Mă mai poţi lovi o dată dacă vrei, dar acest lucru tot nu va schimba adevărul.

Ochii săi mici se îngustară şi mai mult. O evaluă câteva momente, iar apoi îşi flutură mâna.

-Nu prea are importanţă. Ceea ce este important este ca tu să semnezi hârtia aceasta de-aici, îi arătă el o bucată de hârtie.

Sprâncenele ei se ridicară interogativ. Când el nu se mai obosi să îi explice altceva, îl întrebă:

-Ce hârtie este aceasta?

-Oh, desigur, este actul prin care îmi vinzi ferma şi tot pământul, replică el, iar un rânjet urât îi apăru pe buzele subţiri.

-Nu cred, îi răspunse ea.

-Oh, o vei face, nici o grijă. Duff, îţi aparţine în întregime. Te poţi opri când semnează, îi făcu el semn cu capul lui Duff şi lăsă hârtia pe scaun.

Părăsi hambarul fără să se mai uite înspre ea.

Firele fine de păr de la ceafă i se ridicară. Teama călători de-a lungul şirei spinării ei şi ea se simţi tremurând în interior.

Duff îşi pocni încheieturile degetelor şi zgomotul atrase ochii Dianei. Satisfacţia sălbatică din ochii lui o îngheţă, iar ochii ei se lărgiră din cauza terorii.

Duff îi zâmbi şi traversând spaţiul dintre ei doi, o lovi zdravăn cu dosul palmei, iar ea căzu pe spate şi, desigur, cum era legată de scaun, luă şi scaunul cu ea. Diane scânci şi, pentru o clipă, văzu puncte roşii în faţa ochilor.

Doi dintre bărbaţi se apropiară şi îi îndreptară scaunul. Unul dintre ei o trase tare de păr şi capul îi căzu pe spate. Un geamăt zbură de pe buzele ei, dar nu se terminase încă. Duff o plesni cu dosul palmei din nou şi ea îşi pierdu cunoştinţa.

CU AJUTORUL OCHELARILOR de noapte, pe care Adam îi adusese cu el când venise în Montana, au evaluat numărul gărzilor din jurul proprietăţii lui Phelps. Nick indică existenţa a doi indivizi pe partea dreaptă a curţii, iar Adam găsi patru în spate.

Lui Ryan i se păru interesant să vadă doi indivizi fumând şi vorbind în faţa unui hambar. Hambarul era luminat, ceea ce părea cam straniu pentru acel moment al zilei.

Îl lovi pe Adam cu cotul şi-i arătă hambarul. Adam îl verifică şi dădu din cap. Era sigur că acolo era ţinută Diane.

-Tu iei hambarul Adam, şopti Ryan. Nick, tu ai grijă de gărzi, unul după altul. Nu vreau să aud nici măcar un sunet înainte ca perimetrul să fie securizat. Eu merg în casă, este în regulă? întrebă el.

Adam şi Nick îi aprobară planul cu o înclinare a capului.

-Eşti sigur că Kate va fi bine? îl întrebă Adam pe Ryan.

Nu dorea să o sacrifice pe Kate pentru Diane. Ştia că nici Diane nu l-ar fi iertat dacă ar fi lăsat ca aşa ceva să se întâmple.

-Va fi bine. Are două pistoale cu ea şi este bine ascunsă, îl asigură Ryan. Doar ştii că nu aş lăsa să i se întâmple ceva şi deja a fost rănită o dată azi.

Adam dădu din cap că ştia şi plecă furişându-se. I-ar fi plăcut să poată fugi la hambar şi să o elibereze pe Diane imediat, dar ştia că trebuia să fie răbdător. O mişcare greşită şi putea să o piardă pentru totdeauna.

Îi luă ceva vreme pâna ajunse pe o parte a hambarului. I se păru că i-a luat o eternitate, iar răbdarea îi fusese pusă la încercare în mod serios.

OCHI ÎN ÎNTUNERIC

Avansă încet și încercă să blocheze cuvintele ce se auzeau dinspre hambar și, în special, strigătele Dianei. De fiecare dată când o auzea țipând, simțea o arsură în stomac. Buzele i se strânseseră, iar măselele i se încleștaseră din cauza furiei care îl consuma.

Adam ajunse într-un final pe laterala clădirii și ascultă atent. Numai un om pășea în afara hambarului, iar fumul de la o țigară îi gâdilă nările.

Înseamnă că este cu unul mai mult în interior acum, se gândi el.

Adam așteptă răbdător până ce omul ajunse în apropiere. Când sunetul pașilor lui îl anunță că se găsea la numai câteva picioare mai încolo, Adam se strecură în spatele lui.

Îi acoperi gura și nasul cu o mână, iar cealaltă i-o puse la ceafă. Omul îngheță din cauza șocului, iar Adam numai îi suci capul cu o mișcare experimentată. Gâtul bărbatului se rupse de parcă ar fi fost o surcică. Silențios, Adam îl târî pe laterala hambarului și îl lăsă acolo în umbră.

Unul s-a dus, Dumnezeu mai știe câți mai sunt, reflectă el.

Cu pași tăcuți, avansă spre ușă. Se vedea lumină printr-o crăpătură și el privi înăuntru.

Sângele i se înfierbântă imediat când văzu fața Dianei. Era plină de sânge. Un bărbat solid o lovi cu pumnul în abdomen, iar ea scânci din nou.

Adam se luptă să-și păstreze calmul. Trebuia să o scoată pe Diane de acolo și avea nevoie să se concentreze doar pe acel lucru. Putea să se îngrijească de ea după aceea.

Numără patru oameni în interiorul hambarului. Își scoase pistolul și îi montă surdina pe țeavă. Știa că avea șansa la o împușcătură pentru fiecare dintre ei și trebuia să o facă în succesiune rapidă. Dacă ar fi fost prea încet cu numai o secundă, Diane ar fi putut fi ucisă.

Își încleștă gura și deschise ușa. În secunda în care ușa s-a deschis și primul om s-a întors spre el, a și tras. Nu și-a luat degetul de pe trăgaci până ce ultimul dintre ei nu a fost ucis.

Bărbatul din spatele Dianei a încercat să-i tragă capul înapoi, probabil ca să-i rupă gâtul. El a fost a doua țintă a lui Adam. A fost o împușcătură curată. Glontele i-a traversat craniul și s-a înfipt într-una dintre panourile din spatele lui.

Când a căzut, a tras-o și pe Diane de păr după el. Adam ignoră ce s-a întâmplat până ce i-a terminat și pe ceilalți doi.

Apoi, se grăbi spre Diane, o dezlegă și îi dădu părul la o parte. Ochii ei mari verzi și înlăcrimați se uitau la el fix, plini de admirație.

Adam o culcuși în brațele lui și îi șopti:

-Nu te uita la mine așa, dulceață. Nu o merit. Nu te-am protejat cum ar fi trebuit.

Gura ei se deschise, dar pentru câteva secunde nu reuși să spună nimic. Apoi, cu ultimele sale resurse, Diane îl pocni în braț și spuse:

-Ai înnebunit? Mi-ai salvat viața, lunaticule. M-ar fi ucis dacă nu ai fi venit, spuse ea.

El numai își scutură capul și se ridică cu ea în brațe.

-Va trebui să ieșim de aici mai întâi, Diane. O să te verific imediat ce suntem liberi, da?

OCHI ÎN ÎNTUNERIC

Ea aprobă cu o mişcare a capului şi îşi închise ochii. Un oftat de satisfacţie îi zbură de pe buze când îşi frecă nasul de el, iar mirosul lui o înconjură.

CAPITOLUL 18

NOAPTEA ACEEA ŞI DIMINEAŢA următoare au fost pline de activitate febrilă. Ryan îl reţinuse pe Phelps, care începuse să ameninţe şi să arunce nume importante în stânga şi în dreapta. Ryan nu s-a obosit să-l asculte.

Până ce Adam a ieşit cu Diane, Nick deja anihilase toate gărzile, iar în afară de oamenii pe care Adam îi ucisese, toţi ceilalţi erau în viaţă şi legaţi pentru a fi trimişi la închisoare.

Ryan verifică fiecare prizonier, vrând cu tot dinadinsul să îl găsească pe cel care o rănise pe Kate. Îl voia atât de rău că putea simţi gustul răzbunării. Cu toate acestea, dorinţa i-a rămas neîmplinită. Adam deja se ocupase de el.

Ştiau că şeriful era pe ştatul de plată al lui Phelps, aşa că nu s-au mai obosit să-l cheme. I-au aşteptat pur şi simplu pe oamenii lui Mark.

Aceştia au sosit la numai zece minute după ce totul se încheiase. Mark trimisese o echipă de la Bozeman cu avionul. Aterizaseră la Missoula şi au condus spre proprietatea lui Phelps cu viteză maximă.

Erau înarmaţi cu mandate de cercetare, pe baza a ceea ce Kate şi Diane aveau de spus. Aparent, se aflaseră cu ochii aţintiţi pe Phelps de ceva vreme, dar niciodată nu se lipea nimic de el şi nu putuseră face nici măcar o mişcare.

Au verificat fiecare crăpătură şi nişă a casei şi au găsit destule dovezi pentru a-i îngropa pe Phelps şi asociaţii săi în închisoare pe viaţă.

Adam, Nick şi Ryan i-au lăsat să-şi facă treaba şi le duseră pe femei cu maşina la spital. Acolo ceruseră ca ambele femei să fie examinate şi peticite.

Lui Kate îi sări muştarul când auzi termenul *peticit* legat de ea, dar se linişti şi fu satisfăcută să audă că bebeluşul ei era încă în formă bună, că nu a fost atins de gorila care o atacase.

Diane nu a fost atât de norocoasă, iar doctorul a decis să o ţină în spital pentru observaţie, cel puţin pentru o noapte.

Avea două coaste rupte, mai multe laceraţii la nivelul feţei şi era învineţită aproape peste tot.

Adam se îngrozise când şi-a dat seama cât de rănită şi învineţită era. La cererea Dianei, doctorul îi permisese să rămână în camera de examinare şi sufletul i se stingea puţin câte puţin, de fiecare dată când doctorul găsea o nouă rană sau vânătaie pe trupul ei.

Diane nu a vrut să rămână în spital, dar Adam îi promise să petreacă noaptea alături de ea.

-VREAU SĂ MERG ACASĂ, Adam, îi strânse Diane mâna şi îşi pledă cauza cu ochii ei verzi.

Adam era conştient că femeia îşi folosea farmecele pentru a-l face să se supună dorinţelor ei, dar oricum nu îi putea refuza nimic.

-Bine atunci, Diane, voi vorbi cu doctorul. Dacă totul este în regulă, sunt sigur că te va lăsa să vii acasă, îi promise el şi îi sărută fruntea.

Ochii Dianei pâlpâiră de mânie.

-Nu sunt un copil mic, Adam, să mă împaci. Îţi spun eu că sunt bine şi vreau acasă. Dacă nu vrei să mă ajuţi, doar spune-mi şi mă ocup eu de tot, zise ea cu încăpăţânare.

-Dulceaţă, desigur că vreau să ajut. Şi mai mult ca sigur te vreau acasă, îi şopti el şi îi atinse buza inferioară cu vârful degetului. Dar nu voi face nimic dacă asta înseamnă să-ţi pun sănătatea în pericol, spuse el pe un ton implacabil, iar ochii lui duri se fixară pe ai ei cu hotărâre.

-Dar...

-Nici un dar, Diane, o opri el. Am murit de o mie de ori ştiind că erai în pericol. Nu vreau să mai trec prin aşa ceva din nou, îi replică el cu îndărătnicie.

Inima Dianei cântă de încântare când îi înţelese sensul cuvintelor. Spera numai ca el să-şi aducă aminte de ele când totul se va linişti.

DIN FERICIRE, DOCTORUL i-a semnat hârtiile şi a fost capabilă să iasă din spital. Adam o conduse spre casă, cu un mic ocol pentru a cumpăra cafea şi nişte pateuri pentru amândoi. Mâncarea de la spital nu arătase prea apetisant şi amândoi erau morţi de foame.

Când Adam a oprit maşina în curte, toată lumea a ieşit afară să-i îmbrăţişeze şi să se bucure că totul s-a terminat cu bine.

Ryan şi Nick deja dezarmaseră capcanele lui Adam pentru că nu-şi puteau petrece tot timpul dându-le indicaţii cum să le ocolească agenţilor care tot veneau pe acolo.

-E bine să vă avem pe amândoi acasă, spuse Ryan cu un zâmbet în voce.

O îmbrăţişă pe Diane grijuliu cu un braţ ca să nu-i rănească coastele. Apoi îi sărută creştetul capului, în timp ce îl îmbrăţişă pe Adam cu celălalt braţ.

-Răzbunarea nu e prea plăcută, Ryan, observă Adam. Ar trebui să-ţi fac şi eu ţie ce ne-ai făcut tu mie şi lui Nick când ne-am întâlnit cu Kate pentru prima dată, glumi el şi îl înghionti cu cotul pe prietenul său.

Ryan râse, dar ochii săi îi promiteau tot felul de pedepse lui Adam. Nu-i plăcea să i se aducă aminte de comportamentul său gelos din vremea aceea. Privind în urmă, îşi dădea seama că depăşise limitele bine de tot şi îi era jenă de cum se manifestase.

Intrară în casă şi se adunară în jurul mesei de bucătărie. Kate şi Nick aduseră căni mari de cafea fierbinte la masă, în timp ce Ryan îl informă pe Adam despre tot ce se întâmplase în absenţa lui.

Agenţii deja găsiseră o tabără cu oameni închişi şi una cu animale exotice. Phelps nu va mai vedea vreodată lumina zilei din afara unei celule de închisoare.

Ryan se îndoia că o va vedea şi din interior pentru multă vreme. Se părea că mulţi oameni importanţi fuseseră implicaţi în schema lui Phelps. Cu siguranţă, unii dintre ei vor încerca să se descotorosească de cel mai important martor împotriva lor, aşa că zilele lui Phelps erau numărate.

OCHI ÎN ÎNTUNERIC

Lui Phelps îi plăcuse să-și arate puterea și mușchii atunci când făcea afaceri de pe o poziție puternică. Acum că se găsea în arest fără posibilitatea de a obține cauțiune, cânta ca un canar. Nu-i plăcea ideea să se ducă la fund de unul singur și părea hotărât să ia cu el cât mai mulți oameni cu putință.

După discutarea cazului, au început să discute despre lucruri obișnuite. Bărbații împărtășiră amintiri vesele pentru a le distra pe doamne și făcură haz unul de celălalt. Diane și Kate gustară șotiile lor și legătura puternică dintre ei.

-Mă gândesc să plec înapoi acasă, le spuse Nick. Nu-mi prea place ca alți oameni să aibă grijă de caii mei, mărturisi el.

-Stai măcar până mâine, îl imploră Diane. Vom avea un grătar super, exact așa cum îi place lui Adam, îi făcu ea cu ochiul, deși nu-i era prea ușor.

Ochiul ei drept i se umflase rău de tot, iar cel stâng era doar puțin mai bine.

-Are dreptate, aprobă și Adam. Sunt sigur că vei supraviețui dacă mai stai încă o zi.

Nick reflectă la invitația lor, dar, în final, o acceptă, deși i se strângea inima la gândul că altcineva avea girjă de caii lui.

-Ce ai de gând să faci acum, Adam? îl întrebă Kate.

El ridică din umeri.

-Nu sunt foarte sigur. Mă gândeam să predau niște cursuri de supraviețuire. Înțeleg că merg foarte bine.

-Nu-i o idee rea, spuse Ryan, bătându-l pe umăr. Ești bun la a supraviețui, așa că pot prevedea că vei avea succes.

-Așa mă gândeam și eu, aprobă Adam dând din cap. De asemenea, mă gândeam să mă însor cu Diane, spuse el fără să se gândească și nimeni nu știu ce să mai spună.

Ochii Dianei se lărgiră şi străluciră cu lacrimi nevărsate. Se holba la el, incapabilă să spună nimic.

Kate îl pocni peste braţ:

-Cioflingarule, aşa ceri tu o femeie de nevastă? Îţi lipseşte o doagă, Adam, îşi scutură ea capul cu reproş. I-aş păli una peste cap dacă aş fi în locul tău, i se adresă ea Dianei.

Adam se încruntă câteva secunde neînţelegând ce îi venise lui Kate. El nu vedea nimic nelalocul lui în ceea ce a spus. Apoi, înţelese adevărul.

-Oh, corect, spuse Adam şi îşi plesni fruntea. Femeile vor romanţă. Vrei romanţă, Diane? o întrebă el, o sprânceană ridicându-i-se pe frunte.

Diane nu-i răspunse. Pur şi simplu continua să îl privească de parcă fusese lovită cu leuca.

Ryan îşi puse capul în mâini, iar Nick îşi scutură capul. Adam privi de la unul la celălalt şi alt adevăr i se clarifică în minte.

-Am făcut-o de oaie, nu-i aşa? o întrebă el pe Diane. Dulceaţă, nu am nici un fel de experienţă cu chestiile astea romantice. Nu am fost niciodată romantic. Dacă merg şi îţi cumpăr nişte flori şi o cutie de bomboane de ciocolată şi mă întorc şi mă aşez în genunchi în faţa ta, vei spune da?

Cu ochii mari, Diane continuă să se holbeze la el, fără să spună nimic.

-Oh, pentru numele lui Dumnezeu, nu mă judeca atât de aspru. Te iubesc, nu este suficient? strigă el şi îşi aruncă mâinile în aer.

Kate şi prietenii lui izbucniră în râs.

-Eşti patetic, omule, îşi scutură Ryan capul. Nici măcar eu nu aş fi putut face o mai idioată cerere în căsătorie decât tine.

OCHI ÎN ÎNTUNERIC

Adam nu dădu atenție la nici unul dintre ei. El continuă să o privească pe Diane.

Într-un final, ea dădu din cap și spuse:

-Da, Adam, este destul. Nu am nevoie de flori și ciocolate.

Asta aștepta el să audă.

-Uraaa! Strigă el și sărind de pe scaun, o trase pe Diane în brațe și începu să o învârtă.

În ciuda faptului că o dureau coastele, ea izbucni în râs. Fericirea ei umplu încăperea și le alimentă și celorlalți bucuria.

EPILOG

DIANE ŞI ADAM SE CĂSĂTORIRĂ în ziua de Crăciun. Diane visase întotdeauna să aibă o nuntă albă: rochie albă, flori albe, zăpadă pe drumuri şi pe acoperişul casei.

Kate şi Ryan veniră pentru nuntă de la Montreal, chiar dacă Ryan a bombănit că Kate se epuiza. Din fericire pentru el, Kate deja renunţase să mai bage în seamă grija lui excesivă în privinţa sarcinii.

Nick îi ceru cuiva să aibă grijă de caii săi şi veni însoţit de Mark, fostul lor şef.

Când mireasa păşi de-a lungul pasajului dintre bănci ţinându-l pe Nick de braţ, ochii lui Adam străluciră de lacrimi, făcându-i pe toţi să zâmbească. Îşi aminteau bine ce spusese el la nunta lui Ryan şi tot făceau haz de el ori de câte ori aveau ocazia.

Mireasa purtă o coroniţă simplă din flori albe împletite, iar rochia ei îi dădea alura unei prinţese. Se îndreptă alene spre Adam cu paşi eleganţi şi graţioşi.

Prinţesa mea, gândi Adam, când îi luă mâna într-a lui şi îi sărută palma.

După ce răspunseră la întrebările pastorului, Adam aşteptă cu nerăbdare ca acesta să-i declare soţ şi soţie. Apoi, o sărută cu înfăcărare, luându-i respiraţia.

După ce buzele i se ridicară de pe ale ei, o privi fix în ochi şi şopti *Uraaa!* În ochii ei jucară bucuria şi satisfacţia.

Când el o ridică în braţe şi cu paşi mari ieşi din biserică şi se îndreptă spre maşină, râsul ei se alătură hohotelor de râs ale celorlalţi.

Zăpada acoperise drumul, iar mirosul pinilor copleşea aerul. Adam o sărută bine din nou şi deschise uşa de la maşină şi o aşeză înăuntru.

Fără o singură privire la oaspeţii lor, porni maşina şi o luă în sus, pe drumul spre ferma lor, sub ochii şocaţi ai oamenilor care tocmai ieşiseră din biserică.

Ştiau că îi aştepta un festin la fermă, dar crezuseră că mireasa şi mirele îi vor aştepta şi pe ei.

Râzând, Ryan îl plesni pe Nick peste spate şi spuse cu entuziasm:

-Acum e rândul tău, amice.

Nick îşi scutură capul şi se cutremură cu teamă. *Nu în viaţa asta dacă am un cuvânt de spus.*

EXTRAS DIN: TREZIREA BECKĂI

(PRIMA CARTE DIN SERIA FAMILIA WINSTON)

PROLOG

-HAI, MĂI, OMULE, ASTA nu e deloc corect! explodă Josh.

Îşi aruncă furculiţa înapoi pe farfurie, ceea ce o făcu pe mătuşa sa, Marjorie, să se încrunte. Ea iubea acel set de vase şi se temea că frustrarea tânărului bărbat va duce la crăparea farfuriei mai devreme sau mai târziu.

-Tu te plângi? îşi flutură Maggie furculiţa spre el în batjocură şi îşi dădu ochii peste cap. Eşti încă destul de tânăr comparat cu unii dintre noi şi ai destul timp la dispoziţie, aşa că nu ar trebui să te plângi! i-o întoarse ea cu mânie.

-Are dreptul să se plângă, Maggie, la fel ca oricare dintre noi! replică Becka, susţinându-l pe vărul său. Şi ce dacă noi sântem mai tineri? Sântem cu toţii în aceeaşi barcă! Lovi ea cu pumnul său mic în masă. Mătuşică, nu putem face nimic să rezolvăm problema aceasta?

-Ştiu că vrei, păpuşă, dar nu poţi face nimic, o mângâie mătuşa Marjorie pe braţ, încercând să o liniştească. Trebuie să faceţi ce trebuie să faceţi.

-Deci trebuie să plătim noi pentru ceva ce s-a întâmplat acum o sută de ani, înainte ca noi să ne fi născut? Cum are chestia asta vreun sens? se răsti Alex și se alătură celorlalți, exprimându-și supărarea, deși aceasta nu-l opri din a mai lua o bucată de plăcintă.

-E mai puțin de o sută, măi, găgăuță! îi replică Lily cu dispreț și-l lovi peste braț.

-Cui naiba îi pasă? îi răspunse Alex cu gura plină.

Niciodată nu învățase să nu vorbească cu gura plină, chiar dacă părinții lui au încercat din greu să-l dezvețe de acel obicei. Oricum, lui nu-i păsa nici cât negru sub unghie de astfel de lucruri și în special acasă.

-O sută, două sute, acelaș rahat, scuzați-mi franceza. Știți ce? Eu nu am chef să plătesc pentru greșelile unui măgar! își termină el discursul înfierbântat, degetul lui tot îndreptat spre Lily.

-Și atunci ce propui să facem? întrebă cu nonșalanță Matt, care până atunci își ținuse gura închisă.

Tot sorbise din whiskey-ul lui tăcut, cu o expresie detașată pe chip, care sugera că nimic din ce se discuta nu-l afecta pe el.

-Nu-mi spune că ești de acord cu chestia asta! îi răspunse Alex cu neîncredere. Haide, Matt! Ești cel mai în vârstă dintre noi, omule, și mai ai numai un an la dispoziție. Sunt convins că ești la fel de furios ca și mine, dacă nu mai mult! Nu pretinde că nu te deranjează pentru că este imposibil!

Matt păstră tăcerea câteva secunde, mai sorbi din paharul său un pic, apoi îl privi pe Alex și își scutură capul.

-Furios? Poate. Pot să fac ceva în legătură cu asta? Nu cred, îi replică el vărului său cu indiferența lui obișnuită, fixându-l cu privirea. Așa că de ce m-aș agita?

OCHI ÎN ÎNTUNERIC

Nici unul dintre ei nu avu nimic de răspuns. Toţi ştiau că exista o anumită stipulare pe care trebuiau să o îndeplinească şi abia după aceea puteau primi banii din trust şi să obţină puteri depline.

Mai rău era că trebuiau să o facă înainte de a ajunge la vârsta de treizeci şi cinci de ani, pentru că dacă atingeau vârsta de treizeci şi cinci de ani fără a îndeplini acea condiţie, partea lor de bani era împărţită între ceilalţi mai tineri care încă aveau timp să reuşească sau să eşueze.

-Ştiţi ce? Mie chiar nu-mi pasă să obţin potenţialul deplin al puterilor mele, spuse Ariel gânditoare, fără să se adreseze nimănui în mod deosebit, deşi mi-ar place să văd ce pot face dacă am puteri complete... continuă ea, pierdută în gânduri ca de obicei.

Verii ei aşteptară ca ea să ajungă la punctul final al discursului. Ştiau că avea prostul obicei de a bate câmpii şi de a se pierde în gândurile sale, lăsându-i pe oameni să aştepte. Cu toate acestea, în marea parte a timpului, dacă nu mereu, găsea soluţii interesante dacă aveau răbdarea să o asculte.

-Dar aş vrea să fac ceva pentru mine însămi. Mi-ar place să-mi deschid o mică afacere, spuse Ariel în final, exprimându-şi dorinţa ascunsă.

-Continuă să visezi, fată, se răsti Maggie, deja plictisită cu maniera lui Ariel de a tărăgăna vorbele.

Maggie nu era deloc răbdătoare şi, din nefericire, acea trăsătură avea unele rezultate negative în viaţa ei de zi cu zi.

-Până ce te îngrijeşti de partea ta din afacere, Ariel, fată dragă, nu vei putea să deschizi nici măcar un şopron, îi spuse ea.

-De ce eşti mereu aşa răutăcioasă cu ea? se răsti Alex la Maggie. Dacă vrea să viseze las-o să viseze. Oricum, ce altceva poate să facă? Ce altceva poate oricare dintre noi să facă? întrebă el, iar privirea sa furioasă trecu de la unul la altul pentru a le vedea reacţiile.

-Să învingeţi blestemul? sugeră Marjorie blând, încercând să dezamorseze o potenţială situaţie explozivă.

-Nu-i atât de uşor, mătuşică, spuse Ariel cu tristeţe. Am încercat, doar ştii... Îţi aminteşti? Am crezut că tipul acela, Eric, cel pe care l-am întâlnit acum doi ani, ar fi fost alesul. Nu a fost să fie, doar ştii... Nu este uşor, şi o ştii doar foarte bine. Vezi doar cum sunt lucrurile acum. Nu mai există nici un fel de romanţă reală în lume, mi-e teamă. Dacă nu mai există nici un pic de romanţă, unde să găseşti iubirea adevărată atunci?

Marjorie o aprobă dând din cap. Ştia şi ea cum stăteau lucrurile. Nu era floare la ureche să găseşti iubirea adevărată. Fusese şi ea în aceeaşi situaţie când i-a fost rândul şi pierduse aproape tot din cauza propriei încăpăţânări şi amestecului familiei sale.

-Nu este niciodată uşor, draga mea, ştiu, îi răspunse ea, mângâindu-i braţul cu dragoste. Dar, Ariel, draga mea, trebuie să încerci. Nu poţi să renunţi pur şi simplu. Gândeşte-te numai! Îţi vei putea folosi puterile şi vei obţine banii, dar numai dacă îţi vei găsi dragostea adevărată şi i te vei dărui complet. Vei fi cu adevărat fericită atunci!

Ariel îşi întoarse ochii spre farfuria de pe masă. Ştia că toţi ar fi citit în ochii ei că s-a resemnat deja şi îi era silă să tot audă platitudinile şi încurajările pe care familia se simţea obligată să i le spună ori de câte ori vedeau că gândea astfel.

OCHI ÎN ÎNTUNERIC

Toţi din jurul mesei rămaseră tăcuţi câteva clipe, iar Jay se mai servi din plăcinta fantastică a mamei sale.

Marjorie era cea mai bună bucătăreasă din familia lor şi de aceea aleseseră să se întâlnească la ea acasă. Totul era mai uşor de înghiţit când se găsea o plăcintă sau o prăjitură bună pe masă. Cel puţin, aceea era părerea lui Jay.

-Cred că ar trebui să vedem dacă există vreo cale legală să ieşim din situaţia aceasta, fraţilor. Ne trebuie banii acum, nu-i aşa? Nu e ca şi cum am putea aştepta o eternitate! sparse Alex tăcerea când ideea îi veni brusc în cap. Ochii lui îi evaluară pe toţi cu grijă şi îi văzu dând din cap că erau de acord. Uite, continuă el, am aproape treizeci şi doi de ani. Nu am timp de lucruri idioate şi de jocuri şi de încercări cretine să-mi găsesc marea iubire! Vreau să fac ceva pentru mine însumi acum, aşa cum a spus şi Ariel. Acum, când încă pot.

Deşi aproape toţi erau de acord cu el, toţi se uitară la Matt. Se ştia că era cel mai deştept din familia lor şi ştiau că orice soluţie trebuia să vină de la el. Ochii lui Matt se plimbară în jurul mesei când acesta le simţi privirile pline de speranţă aţintite spre el şi, într-un final, îşi scutură capul.

-Nu e nici o cale de ieşire, amice, îşi puse Matt paharul pe masa de lemn şi, în acelaş timp, se ridică de pe bancă. Dacă ne-ai chemat aici numai pentru această discuţie, atunci eu am plecat. Am lucruri serioase de făcut, locuri de văzut...

-Nu vrei nici măcar să încerci, strigă Becka, sărind şi ea de pe locul ei. Pur şi simplu ai renunţat pentru că mai ai puţin timp la dispoziţie şi nu îţi mai pasă.

-Am încercat, draga mea, îi răspunse Matt cu un zâmbet trist pe buze.

Becka era verişoara lui favorită. Poate pentru că era cea mai mică sau poate pentru că nu era răzgâiată şi era amuzantă şi avea o inimă mare. Degetele lui îi mângâiară obrazul cu dragoste, dar în acelaşi timp cu tristeţe, iar apoi o sărută pe frunte.

-Becka, am încercat din greu să găsesc o portiţă de ieşire în cuvintele din documentele pentru trust. Crede-mă, nu există nici una. Dacă eu nu am putut găsi nimic, draga mea, atunci nimeni nu poate şi o ştii doar. Este un motiv pentru care sunt considerat cel mai bun avocat din ţară, şi cu toţii ştiţi că nu spun asta numai din vanitate. Oricum, draga mea, zilele acestea mă mulţumesc să-mi fac banii muncind din greu şi bucurându-mă cât mai mult de puţinul timp liber pe care îl am. Am încetat să mai încerc să îndeplinesc altfel de visuri. Nu e în cărţi pentru mine, atâta tot.

Toţi verii îl priviră şocaţi. Numai sora lui, Maggie, îl înţelegea foarte bine. Nu avea ea prea multă răbdare, în special cu proştii, dar Matt reprezenta ceva special pentru ea.

Întotdeauna îl admirase şi ştia că nu era genul de om care să renunţe la nimic fără luptă. Auzindu-l spunând că s-a resemnat o făcu să înţeleagă profunzimea mâniei lui, chiar dacă el o ascundea faţă de ei.

Simţi nevoia să îl ia în braţe şi să nu-i mai dea drumul, dar ştia că lui nu i-ar fi plăcut aşa ceva. Fratelui ei nu-i plăceau manifestările exagerate de afecţiune, aşa că se mulţumi să-l mângâie uşor pe mână.

-Matt, ar trebui să încerci să-ţi foloseşti timpul rămas căutând o fată pentru tine, îi spuse maică-sa cu reproş, şi atenţia tuturor se întoarse spre Marjorie, care continuă. Mai ai încă o şansă, fiule, şi eu nu vorbesc aici despre bani, şi o ştii foarte bine. Ştiu că povestea aceea cu Velma te-a făcut să-ţi fie teamă să-ţi mai angajezi inima din nou, iar mie nu-mi place asta. Acesta nu este Matty pe care-l știu eu. Aceea nu a fost iubire, fiule, și știi foarte bine. Dacă ar fi fost iubire adevărată, ți-ai fi căpătat puterile pe deplin chiar dacă nu ai obținut banii.

-Mamă, Velma a ieși din tablou de mai bine de un deceniu deja. Este o poveste din trecut. Care e scopul de a o mai aduce în discuție acum? i-o întoarse Matt scurt, scuturându-și capul.

Nu înțelegea insistența mamei sale de a aduce din nou în prezent amintiri amare.

-Pentru că din cauza ei ai încetat să mai privești femeile cu speranță, sublinie Marjorie, scuturându-și degetul mustrător la primul său născut. Te gândești că toate femeile sunt ca ea și de aceea iei tot ce poți de la ele și mergi mai departe. O altă femeie pe listă! E ca și cum ai ține scorul: cu câte femei poate să fie norocos Matt? îi reproșă ea cu acreală, ceea ce nu era ceva ce mai văzusără înainte.

Ochii tuturor erau fixați pe ea.

-Nu este bine pentru tine, Matt! Chiar dacă ai renunțat la banii din trust, ceea ce, apropo, este prostește, încă ești în viață și tot ai nevoie de o femeie pe care să te poți baza, după cum am spus mereu. Vei îmbătrâni singur și amar! își încheie Marjorie tirada neobișnuită împungându-și fiul în piept cu degetul.

-Mulțumesc pentru previziuni, mamă. Este întotdeauna fantastic să știi cum îți va arăta viitorul! replică Matt cu sarcasm și se mișcă din calea degetului ei ascuțit.

Cu toate acestea nu plecă. Părea nehotărât și își aruncă privirea spre verii săi.

Marjorie îşi scutură capul cu amărăciune, dar decise să nu mai continue cu acea linie de discuţie. Îşi cunoştea fiul bine şi ştia că nu exista nimic care să-l facă să se răzgândească când reacţiona astfel. Era ca şi cum ar fi vorbit cu o piatră.

Tăcerea se întinse câteva minute. Toată lumea era ocupată. Fie îşi mâncau plăcinta, fie se jucau cu paharele lor de băutură, pretinzând că nu se întâmplase nimic deosebit între Marjorie şi fiul său cel mai mare. Dar mai cu seamă, încercau să evite să se privească în ochi, de teamă că vreunul ar putea spune ceva supărător din nou.

Până la urmă, Alex, cel care vorbea cel mai deschis dintre toţi, nu mai suportă tăcerea incomodă şi se uită în jurul mesei pentru a vedea cam care era starea de spirit a fiecăruia. Nesigur dacă merita efortul sau nu, se decise să încerce un nou subiect de discuţie.

-Ştii că tu eşti nepotul favorit al bătrânei doamne, Matt. Nu o poţi convinge să pună capăt la această nebunie? Ea poate să schimbe documentele dacă vrea. Nu e ca şi cum cuvintele ar fi săpate în piatră, spuse Alex şi îi aşteptă răspunsul lui Matt cu nelinişte.

-Am încercat şi asta, Alex, spuse Matt oftând şi scuturându-şi capul. A spus că a făcut-o pentru binele nostru, ce-o vrea ea să spună cu asta... Aşa că... Pot spune că am încercat absolut totul şi că e timpul să-mi limitez pierderile.

Din nou nici unul nu spuse nimic câteva clipe şi, din nou, nici unul nu îi putea privi pe ceilalţi în ochi, în timp ce tăcerea se întindea.

OCHI ÎN ÎNTUNERIC

Încurajat de tăcerea neobișnuită, pentru că de obicei astfel de adunări erau foarte zgomotoase și pline de conversație, Matt își luă la revedere cu o simplă fluturare a mâinii și o porni spre cărarea ce ducea spre ușa de la bucătărie, fluierând ușor pentru sine.

Ariel, gânditoare ca mai întotdeauna, privi după el până ce dispăru din vedere și nu o mai putea auzi și apoi spuse cu tristețe:

-Este trist... Într-adevăr foarte trist. Este cel mai mare dintre noi și deja a renunțat.

Câteva momente toți s-au holbat la ea fără cuvinte, de parcă i-ar mai fi crescut un cap în ultima oră.

După o clipă, pentru că nu își putea crede urechilor, fratele ei, Alex, îi replică furios:

-Ei bine, și noi sântem destul de aproape, Ariel. Nu e ca și cum am mai avea mult timp la dispoziție, nu-i așa? Doar vreo trei ani, nătângo! Când am împlinit treizeci și cinci de ani, totul s-a dus: banii, puterea, totul. Și nu putem face nimic să oprim chestia asta!

-Nici măcar să trișăm, interveni Jay cu amărăciune, iar ceilalți izbucniră în râs.

-Oh, da, mi-amintesc bine, spuse Lily. Ai încercat să faci pe nebunul îndrăgostit și ai venit cu tipa aia redusă mental. Camilla, cred că era numele ei.

Jay aprobă dând din cap zâmbind. Uitase deja de ridiculizarea pe care o suferise atunci. Temperamentul său comod nu îi permitea să fie ranchiunos pentru mai mult timp.

-Da, dar nu a mers, nu-i așa? spuse Josh foarte la obiect. Fosilele acelea două te-au mirosit imediat.

-Eh, ei pot să citească mintea omului, aşa că a fost floare la ureche pentru ei să-l dea de gol, sublinie mătuşa Marjorie cu un zâmbet enigmatic pe buze. De aceea au fost numiţi administratori, ştiţi bine. Nimeni nu îi poate păcăli. Nu ar fi trebuit să încerci să trişezi, Jay. Bătrâna doamnă nu te-a iertat încă.

Jay ridică din umeri. Ştia el bine care îi era relaţia cu străbunica lui în zilele acelea. Nu credea că ea îl va ierta vreodată.

Bătrâna scorpie era o adevărată comoară. Era plină de resentiment şi amărăciune.

Doar câţiva dintre ei mai puteau să smulgă vreun zâmbet de la ea, iar în ultima vreme el nu s-a aflat în acel grup. După isprava cu femeia aceea, străbunică-sa nici măcar nu-l mai băga în seamă la cinele de familie. Pretindea că el nici măcar nu exista.

Jay aruncă o privire în jur şi observă că toţi tăcuseră, gândindu-se la implicaţiile a ceea ce s-a întâmplat.

Spera cu adevărat că nu va mai trebui să treacă printr-o nouă perioadă de glume răutăcioase sau tachinare inocentă, la care Becka era maestră. El chiar tresări când Becka începu să vorbească, aşteptându-se la ce era mai rău.

-Deci trebuie numai să aşteptăm ca ei să moară... începu Becka să spună ezitant, privirea ei trecând de la unul la altul.

-Nu aşa de repede, o întrerupse Marjorie în grabă. Regula spune că dacă cei doi decedează, alţi doi le vor lua locul. Acelaşi tip de puteri, păpuşă, aşa că nu vei avea cum să-i păcăleşti nici pe aceea. Trebuie să înţelegi că nu există nici o cale ocolită. Trebuie să joci după reguli.

OCHI ÎN ÎNTUNERIC

-La naiba! înjură Alex. Şi toată drama asta numai din cauză că străbunicul a avut tupeul să o părăsească pe străbunica pentru altă femeie şi un alt idiot a părăsit-o pe mătuşa Evelyn la altar şi ea s-a sinucis! îşi scutură el capul, de parcă totul era de neînţeles pentru el. Deci, acum, generaţie după generaţie trebuie plătească din cauza acelor doi idioţi. Unde naiba este dreptatea în toată chestia asta?

-Ei bine, şi eu cred că a fost o concluzie extrem de radicală din partea bunicii mele, replică Marjorie conciliatoriu. Dar nu a existat niciodată o cale de a o face să se răzgândească, din păcate. Ştiu că tatăl meu a încercat la vremea lui, dar nu a vrut să-l asculte. A încercat din nou când fericirea mea era în joc, şi tot nimic. Nu a vrut să renunţe. Nici măcar un pic. Din moment ce banii erau încă ai ei, avea dreptul să decidă ce dorea să facă cu ei.

-Dar de ce blestemul referitor la puterile noastre? Asta chiar nu pot să o înţeleg, se minună Becka.

-Acelaş motiv. Bunicul era şi el vrăjitor şi a folosit acele puteri pentru a seduce o femeie foarte tânără şi pentru a o părăsi pe bunica. Iar bărbatul care a părăsit-o pe Evelyn la altar fusese şi el ademenit de o vrăjitoare. Aşa că bunica nu mai dorea ca nici o altă vrăjitoare să-şi abuzeze puterile.

-Dar eu nu aş face-o! strigă Becka.

-Ştiu asta, puiule, o bătu Marjorie pe mână cu tandreţe. Nu toate merele sunt putrede, eu ştiu măcar atâta lucru. Dar bunica nu a vrut să audă nimic, aşa că... Suntem cu toţii în aceeaşi găleată. Acum toţi din generaţia mea au trebuit să plătească pentru asta, iar generaţia voastră trebuie să plătească de asemenea. Oricum, dacă reuşiţi să vă găsiţi dragostea adevărată şi să obţineţi banii, atunci problema banilor se va încheia, iar generaţiile viitoare vor avea numai blestemul să-l învingă, încercă Marjorie să le ridice spiritele, dar fără prea mult succes.

-Oh, numai atât, oftă Lily şi îşi puse bărbia în mână, fixându-şi privirea visătoare undeva în depărtare.

-Chiar am vrut să deschid o pepinieră, şopti Ariel neconsolată, iar fratele ei îi mângâie degetele, în timp ce ochii lui luceau cu profundă îngrijorare pentru visurile surorii sale.

-Nu e totul pierdut, draga mea, spuse Marjorie şi îi mângâie şi ea mâna. Vei vedea. Îţi vei găsi sufletul pereche, Ariel. Totul va fi bine.

-Unde? Unde aş putea să-mi găsesc sufletul pereche, mătuşică? Oamenii de care mă lovesc în fiecare zi nu sunt nici măcar potriviţi să-mi fie iubiţi, crede-mă. Nu i-aş lăsa să se apropie de mine pentru nimic în lume, aşa că să-mi găsesc sufletul pereche este absolut imposibil. Nu există nici o şansă pentru mine în lumea asta! M-am uitat peste tot în jur ani de zile şi nimic! spuse ea, iar de data aceasta îi apărură lacrimi în ochi.

-Aşteaptă şi o să vezi, Ariel. Lucrurile astea au felul lor de a se petrece, îi şopti Marjorie, iar apoi începu să le adune farfuriile pentru a le arăta că s-a încheiat conversaţia.

Nu avea nici un sens să dezbată ceva ce nu putea fi schimbat. Nu mai era nimic de adăugat, iar scâncitul nu ajuta defel. Femeia mai în vârstă ştia asta bine. Scâncitul nu ajuta niciodată. Trebuia să-ţi sufleci mânecile şi să faci ceva.

Deşi ceilalţi au sărit de pe scaune să o ajute, toţi se gândeau încă la conversaţie şi la viitorul care nu părea prea rozaliu, ba chiar arăta cam lipsit de speranţă pentru ei în acel moment.

OCHI ÎN ÎNTUNERIC

CAPITOLUL UNU

BECKA PĂRĂSI CAFENEAUA în grabă. Ținea o cafea fierbinte într-o mână, iar în același timp, încerca să îndese o brioșă și un covrig în geanta ei cu cealaltă mână.

Uitase să ceară o manșetă de protecție pentru ceașca de cafea de unică folosință, iar în plus, uitase să ia un șervețel. Capul îi era în nori în acea dimineață, iar acum fierbințeala cafelei îi ardea degetele prin cana de hârtie.

Nu se mai putea întoarce la cafenea. Era deja în întârziere pentru clasele de dimineață, iar ultimul lucru pe care îl dorea era să piardă cursul cu subiectul ei preferat.

Becka continuă să se lupte cu toate. Încercă să convingă brioșa și covrigul să intre în geanta ei mică, întrebându-se de ce oare plecase de acasă cu o asemenea geantă mică.

Oamenii și lucrurile din jurul ei se estompară din ce în ce mai mult pe măsură ce se lupta cu geanta, grăbindu-se în același timp spre stația de autobuz.

Doar o clipă mai târziu, tocmai când dădea colțul, cu ochii mereu fixați pe geanta ei mică care nu coopera cu ea deloc, intră într-un bărbat înalt. Norocul fiindu-i cum era în acea dimineață, capacul de la paharul de cafea se desfăcu și tot lichidul acela fierbine se vărsă pe cămașa albă, imaculată, a uriașului.

Desigur, se gândi Becka, lucrurile nu puteau fi mai proaste. Nu numai că l-a opărit, dar nenorociata aia de cămaşă trebuia să fie albă. De ce nu era neagră? Nimeni nu ar fi remarcat petele de cafea pe o cămaşă neagră.

-Oh, Dumnezeule, îmi pare atât de rău. Foarte, foarte rău! se bâlbâi ea şi încercă să-i cureţe cafeaua de pe cămaşă cu mâinile goale, uitând de paharul de hărtie care zăcea pe trotuar, aruncată precum veştile de ieri, complet goală. Uitase şi de micul dejul pe care şi-l dorise atât de mult, şi care acum atârna precar pe o parte a genţii, gata să cadă de asemenea.

Mâinile ei scuturară cămaşa bărbatului pe cât de repede puteau. Încerca să limiteze arsurile cel puţin.

Becka ştia că lichidul fierbinte a trecut deja prin cămaşa lui şi nici nu dorea să se gândească la ce se întâmplase pielii ce se afla dedesubt, probabil arsă rău de cafeaua proaspăt făcută.

-Cred că mai bine îţi scoţi cămaşa, strigă ea, fără să îşi ia ochii de la ce făcea.

Remuşcarea era cea care îi determina acţiunile şi imagini cu camera de gardă de la spital îi apărură în minte. Concentrată pe greşeala ei aproape catastrofică, Becka nici măcar nu remarcă restul bărbatului căruia îi aparţinea pieptul respectiv, şi evident nici sprânceana care îi sări în sus atunci când ea îi ceru să se dezbrace.

-Pot să te înteb ce încerci de fapt să faci? întrebă el într-un final, pe un ton blând, înşelător.

Până atunci, el pur şi simplu îi privise creştetul capului, complet şocat de acţiunile micuţei femei din faţa lui.

OCHI ÎN ÎNTUNERIC

Auzindu-i vocea, ea își ridică în sfârșit privirea la chipul lui și clipi. Nu o dată sau de două ori, ci de trei ori. Bărbatul pe care îl avea în fața ei nu era tipul de bărbat cizelat și politicos pe care îl întâlnise în viața ei înainte. Era departe, foarte departe de acel tip de bărbat.

Chipul colțuros al acestui bărbat era marcat de o cicatrice lungă și palidă pe obrazul său stâng, care începea de undeva din apropierea colțului ochiului și continua până aproape de colțul gurii, dându-i o alură periculoasă. Arăta ca unul din mercenarii pe care îi văzuse într-unul din documentarele despre războiul civil din fosta Yugoslavie, ceea ce nu era prea liniștitor.

Sprânceana lui rămăsese ridicată disprețuitor și, timp de o clipă, ea se întrebă cum de putea să facă asta. Nu era ușor să faci o asemenea mișcare atât de mult timp, s-a gândit ea.

Tânăra femeie a uitat complet de curiozitatea sa când i-a întâlnit ochii, mai reci decât Oceanul Arctic și aproape că se cutremură.

Ea clipi din nou, înghiți cu greu și apoi încercă să-și găsească vocea. Se forță să fie curajoasă, refuzând să-l lase să creadă că era o mâță fricoasă. Ea întotdeauna încerca să facă față oricărui pericol fără să se retragă, iar acela nu era momentul să se schimbe.

-Hmm.... Mă gândeam... știi tu... cămașa ta...

-Mda, am auzit chestia aceea despre cămașa mea, nu te teme, dar chiar nu înțeleg care va fi diferența dacă mi-aș scoate-o. Cu sau fără cămașă, pielea mi-e tot opărită, dimineața mea este distrusă și eu tot scos din țâțâni sunt, spuse el pe un ton plat, care nu dezvăluia nici cea mai mică urmă de furie, iar acel lucru o înspăimântă pe Becka și mai mult.

Era adevărat că vocea nu părea să fie furioasă, dar opoziția flagrantă dintre cuvintele lui și tonul lui o făcea nervoasă. Becka nici măcar nu știa cum ar trebui să-i vorbească.

Înghiți din nou și spuse cu curaj:

-Știu asta, dar cafeaua este în mare parte pe cămașă, deci dacă o scoți...

-Acum? se minună el, când văzu că s-a oprit fără să termine fraza.

-Bineînțeles că da, aprobă ea cu o înclinare a capului și accentuă cuvintele pentru a le face să sune pline de siguranță, chiar dacă ea nu era prea sigură de ce spunea.

Ea pretinse că știa ce face, chiar dacă chipul îi ardea de jenă și rușine. Era prima dată când îi cerea unui bărbat să-și scoată hainele, chiar dacă era vorba numai de cămașă. Mai mult de atât, tonul și atitudinea lui o făcea să se simtă teribil de nelalocul ei și îi era teamă că totul i se vedea pe față.

Nu putea spune că avea o față bună pentru poker. De fiecare dată când juca cărți cu Jay, acesta râdea de eforturile ei ineficiente de a blufa.

Bărbatul o privi câteva secunde, dar apoi, cu o mișcare îndrăzneață, își scoase cămașa.

-Poftim, dă-ți toată silința, spuse el și-i înmână cămașa care era deja stricată.

Cu toate acestea, Becka nu o luă. Nici măcar nu observă că el i-o întindea și nici nu-și regăsi vocea să-i răspundă. Ochii ei erau prea ocupați să parcurgă suprafața acelui piept bine sculptat, presărat cu păr creț și aspru, încă umed din cauza cafelei ei. Uitase complet ce dorea sau ce se presupunea că trebuia să facă.

-Pământul la lună? o luă el în râs cu vocea lui gravă şi îşi flutură mâna în faţa ochilor ei.

Într-un final, gestul lui o ajutară să revină la realitate şi ochii Beckăi sărirâ să-i întâlnească pe ai lui imediat.

-Scuze, m-am pierdut petru o clipă în gânduri, mormăi ea, destul de dezamăgită de admiraţia ei prostească pentru figura bărbatului. Se crezuse imună la un astfel de comportament.

Într-un final, ea luă cămaşa din mâna lui care tot aştepta, şi se folosi de ea să-i usuce pieptul, cu mişcări mai viguroase decât ar fi fost necesare.

Cafeaua devenise deja o pată uscată lipicioasă, dar ea nici nu se gândi la asta, după cum nu se gândi că, în fapt, îi cam lua un strat de piele vulnerabilă şi arsă.

Nu-şi dădu seama de nici unul dintre acele lucruri pentru că, de fapt, Becka mustea cu jenă, supărată pe ea însăşi din cauza neatenţiei sale, dar şi din cauza tuturor reacţiilor sale ulterioare.

Nu numai că şi-a vărsat cafeaua pe un străin, dar a mai fost şi surprinsă holbându-se la pieptul bărbatului ca o femeie simplă la minte şi desfrânată.

-Da, am remarcat, replică el amuzat, privindu-i expresia în timp ce ea îi curăţa pieptul.

Felul în care ea gândea îl amuza. Putea să-i citească toate gândurile pe chip fără prea mare dificultate.

Era înviorător să vadă pe cineva atât de nealterat ca femeia pe care o avea în faţa ochilor. Se săturase de jocurile jucate în societate şi dorea ceva nou.

După câteva clipe, se decise să o întrebe:

-Are acest efect asupra ta pieptul oricărui bărbat sau numai al meu?

În vocea lui răsună puțină răutate, iar tonul lui o făcu să se îndrepte și să-l privească drept în ochi. Apoi replică îmbufnată:

-Încerc numai să te ajut, doar știi! De ce te comporți ca un ticălos?

Când ea se răsti la el, ochii lui deveniră mai reci decât fuseseră înainte și el își smulse cămașa din mâna ei.

-Da, cu astfel de ajutor nu ar trebui să fiu surprins dacă mor mâine!

Becka bătu din picior cu frustrare, își ridică vocea și îi răspunse cu încrederea ei de sine obișnuită :

-Ești numai ofticat pentru că ți-am stricat cămașa.

Vocea ei era pe cât de hotărâtă posibil, iar ea dădu și din cap, sperând că astfel va demonstra că știe despre ce vorbește.

-Dar a fost numai un accident, trebuie să înțelegi. Nu e ca și cum aș fi vrut să-mi vărs cafeaua pe tine! Aș fi preferat să o beau, să știi, îl sfidă ea și ridică din umeri.

Stătea dreaptă ca o lumânare în fața lui, atitudinea ei la fel de confidentă și dominantă ca și a lui. Cu toate acestea, strică totul când adăugă pe tonul încăpățânat al unui copil:

-Chiar mi-ar fi trebuit cafeaua aceea!

Fascinat de schimbarea bruscă în atitudinea ei, o privi mai atent. Abia acum îi remarcă ochii de culoarea ciocolatei și în special gura mică, arcuită, cu buze rozalii. Ceva în el aproape implora și îl împingea să o înșface o dată și să-i guste gura dulce și senzuală.

Pe măsură ce ea vorbea, interesul lui în buzele ei crescu și la un moment dat, o nevoie agonizantă îl împinse să se aplece și să ia ceea ce dorea. Buzele ei deveniră și mai tentante când femeia își trecu vârful limbii peste buza superioară. Ceva i se agită în abdomen și brusc, interesul i se schimbă complet.

OCHI ÎN ÎNTUNERIC

-Mi-eşti datoare, spuse el atât de abrupt încât atmosfera se încărcă cu tensiune imediat.

Becka îşi deschise gura şocată, gata să-i răspundă. Cu toate acestea, nu putu scoate nici un sunet câteva clipe. Izbucnirea lui o uluise.

Bărbatul nu îşi clarifică declaraţia şi nici nu elaboră mai mult pe tema respectivă. Pur şi simplu, aşteptă ca ea să-i proceseze cuvintele şi să îi dea o replică îndrăzneaţă. Din ce văzuse până atunci, era sigur că va primi una. Nu avu de aşteptat prea mult timp.

-Despre ce vorbeşti? reuşi ea să spună până la urmă, vocea ei având o notă de indignare voalată. Ochii ei măriţi îi priveau intens pe ai lui.

-Ce ai auzit, îi ignoră el supărarea inofensivă, iar apoi continuă. Îmi eşti datoare.

-Pentru cămaşa asta? îl întrebă ea neîncrezătoare, arătându-i cămaşa pe care o ţinea în mână.

-Printre alte lucruri.

Zâmbetul lui de lup îi produse un fior pe şira spinării, iar mintea ei începu să se gândească la tot felul de scenarii neliniştitoare.

-Ce alte lucruri? întrebă Becka cu întârziere din cauza ezitării şi nesiguranţei.

Ochii ei păreau să se lărgească din ce în ce mai mult, iar vârful limbii îi atinse din nou buza superioară cu nervozitate, ceea ce avu darul de a-l chinui şi a-l face mai conştient de dorinţa crescândă pe care o resimţea pentru ea.

El nu înțelegea acea dorință irațională și improbabilă pentru femeia aceea neîndemânatică pe care abia o întâlnise, dar ceva dinlăuntrul lui o dorea nebunește. De fapt, trebuia să o aibă, iar asta era tot.

Arăta cam tânără, poate mult prea tânără, aceasta era adevărat, dar el știa că aparențele erau uneori înșelătoare. Cu toate acestea își făcu o notă mentală să nu uite să o întrebe ce vârstă avea. Nu dorea să își facă de cap cu momeală de închisoare, chiar dacă atracția ce o resimțea față de ea era atât de puternică.

Avea o politică strictă în ceea ce privea mersul la închisoare. Politica lui era destul de simplă. Închisoarea nu era un loc pe care tânjea să-l vadă pe dinăuntru. O văzuse o dată deja și fusese mai mult decât suficient.

-M-ai opărit, mi-ai distrus cămașa și, evident, nu pot să merg la întâlnirea de afaceri pe care o aveam pe jumătate dezbrăcat. Și, te rog, ia notă, că era o întâlnire foarte importantă și eu sunt deja în întârziere din cauza ta, îi explică el cu răbdare de parcă i-ar fi vorbit unui copil mic.

Evident, era numai un șiretlic. El încerca numai să vadă ce fel de reacție putea obține din partea ei.

Ea simți cum sângele îi invadă fața și își blestemă tenul alb care trăda prea mult și în cele mai nepotrivite momente.

Indiferent cât de mult încerca ea să apară sofisticată și cu sânge rece, întotdeauna dădea greș din cauză că pielea ei o trăda. Era blestemul vieții ei. Poate nu singurul cu care avea de-a face, dar se găsea pe primele trei locuri.

Becka se gândi să abordeze lucrurile diferit cu el, pentru a scăpa de buclucul care se zărea la orizont și, foarte politicoasă, spuse:

OCHI ÎN ÎNTUNERIC

-Îmi pare foarte rău că te-am opărit şi că ţi-am distrus cămaşa. Desigur, îmi pare foarte rău şi de întâlnirea ta de afaceri, dar zău că nu văd cum aş putea...

Ea nu mai reuşi să-şi termine fraza pentru că un zâmbet obraznic apăru pe buzele lui. Acel zâmbet o făcu să-şi piardă firul gândirii din nou. De data aceasta, îi era teamă de ce va spune el.

-Cred că-mi datorezi ceva şi îţi poţi plăti datoria acceptând o întâlnire cu mine, în sfârşit îşi prezentă el condiţiile, dar pe un ton care implicau prea multe lucruri care ar fi fost de preferat să rămână nespuse.

-O întâlnire cu tine, repetă ea automat, ca şi cum nu ar fi fost capabilă să înţeleagă conceptul.

EXTRAS DIN DILEMA LUI MATT

(CARTEA A DOUA DIN SERIA FAMILIA WINSTON)

PROLOG

-Becka, mişcă-ţi fundul sus, acum, bubui vocea lui Bryan, ceea ce îl făcu pe Matt să zâmbească.

Matt cunoştea politica Beckăi de a nu încuia uşa de la intrare. Ştia de asemenea că Bryan nu avea prea mult succes să o facă să-i asculte sfatul de a o încuia.

De aceea Matt nu se obosea niciodată să sune la uşă. El doar intra în casă. În fond, se simţea acolo ca la el acasă. Becka şi Bryan erau unii dintre cei mai cumsecade din familie, chiar dacă cuplul lor era destul de ciudat.

-Am crezut că-ţi place fundul meu, strigă Becka din birou, iar apoi ieşi în viteză din încăpere.

Trecu la mică distanţă de Matt şi nici măcar nu îl remarcă. Începu să urce scările, două în acelaşi timp.

-Îţi iubesc fundul şi o ştii. Dar în momentul acesta, adu-l aici sus. Levitează, la naiba, şi nu vrea să mă asculte, veni vocea hărţuită a lui Bryan de undeva de sus, iar Matt izbucni în râs.

Imaginaţia lui Matt nu era foarte dezvoltată, dar cel puţin putea să-şi imagineze cât de stresat era Bryan având doi copii cu talente speciale.

Venind din afara familiei Winston, Bryan a trebuit să accepte multe lucruri. Şi cu toate acestea, nimeni nu putea spune că nu-şi respecta responsabilităţile.

Chiar dacă uneori nu avea nici o idee ce ar trebui să facă în anumite circumstanţe, îşi înfigea picioarele în pământ şi lua lucrurile cum erau. Totuşi acum, părea copleşit din cauza fiicei sale de o lună şi jumătate, care moştenise abilităţile familiei mamei sale.

Cum nu veneau decât şoapte de la etaj, Matt se decise să se ducă acolo şi să-i viziteze pe nepoata şi nepotul său. Ştia că apariţia lui îl va face pe Bryan să-şi dea ochii peste cap. El va înţelege că Becka a uitat să încuie uşa din nou şi probabil că se va certa cu ea după ce Matt va pleca.

Bryan nu va spune un cuvânt în faţa lui Matt. Indiferent cât de supărat era, Bryan nu-i spunea nimic Beckăi în faţa celorlalţi. Se gândea că familia a judecat-o destul pentru că s-a măritat cu un bărbat care era cu doisprezece ani mai în vârstă decât ea şi nu avea nevoie să audă de la nimeni '*Ţi-am spus eu*'.

Matt bătu la uşa camerei copiilor, iar Bryan îşi ridică privirea. Pe chipul lui se zări îngrijorarea. Când ochii îi căzură pe Matt, tensiunea îi dispăru şi zâmbi, scuturându-şi capul.

-Din nou nu ai încuiat uşa, spuse el pe un ton resemnat, aruncându-i o privire Beckăi.

-Am uitat, ridică ea din umeri şi îl bătu pe mână. Nu te îngrijora, nimeni nu intră, doar Matt. Bună, Matt, ce mai faci?

Matt nu reuşi să-şi ascundă amuzamentul. Verişoara lui cea mai tânără era o constantă bucurie pentru el, şi lui îi făcea plăcere să-l vadă pe Bryan luptându-se atât cu grija pentru ea, cât şi cu inabilitatea lui de a o face să înţeleagă pericolele oraşului.

-Doar treceam pe aici. Am o ora liberă şi m-am gândit să vin să vă văd pe voi doi. Şi pe maimuţici.

Matt intră în cameră şi veni la Becka, care o ţinea pe Lea în braţe. Îi sărută obrazul Beckăi, iar apoi îi alintă capul bebeluşului şi îi sărută vârful capului.

-Deja vă face probleme, înţeleg, se întoarse el spre Bryan, care îşi ridică o sprânceană interogativ. Te-am auzit când am intrat în casă, mărturisi Matt, iar un zâmbet obraznic îi apăru pe buze.

Becka se înroşi. Îşi amintea ce strigase Bryan ca să o facă să vină la etaj. Îi aruncă o privire iritată, iar Bryan se mulţumi doar să surâdă.

Matt râse. Îi iubea pe amândoi, iar inima îi exploda de bucurie ori de câte ori se gândea cât de bine se potriveau împreună.

Dar cu toate acestea, uneori era gelos pe ei, pentru că nu putea avea şi el acelaş lucru.

-Deci au început problemele, înţeleg, spuse el arătând spre ghemul din braţele Beckăi.

-Mă sperie înfiorător, să-ţi spun drept. Mulţumesc lui Dumnezeu că Sean nu a manifestat nici un fel de puteri deocamdată, replică Bryan.

-O va face... în timp, îi spuse Matt, punând o mână pe umărul lui ca să-l liniştească. Te vei descurca, nu-ţi fă griji. Niciodată nu mi-ai dat impresia că ai fi un bărbat care să nu fie capabil să aibă grijă de absolut tot.

Bryan îi aruncă o privire posomorâtă, dar nu spuse nimic. Îşi aruncă privirea spre Becka, gata să spună ceva, dar ea îl opri, punând un deget la gură.

-A adormit din nou, șopti ea, iar Bryan veni să își ia fiica și să o pună înapoi în leagănul ei.

Becka și Matt o porniră spre ușă, așteptându-se ca Bryan să-i urmeze. Când Matt privi în urmă, Bryan continua să-și privească fiica dormind, iar expresia de pe chipul lui era de neprețuit.

Lui Matt i-a plăcut Bryan din momentul în care s-au întâlnit. Cu toate acestea, pe măsură ce l-a cunoscut mai bine, respectul și sentimentele lui față de bărbat au evoluat foarte mult.

Bryan era un soț și un tată devotat și efectiv îi tăia răsuflarea lui Matt să-l vadă pe bărbatul acela uriaș atât de îndrăgostit de familia sa.

Matt coborî la parter după Becka și o găsi în biroul ei. Scria ceva la computer, verificând un teanc de hârtii pe care le avea lângă ea.

-Ce faci? o întrebă el.

-Trebuie să termin un eseu. Mai am două rânduri și am terminat, îi replică ea, fără să-l privească.

Matt se sprijini de tocul ușii, încrucișându-și gleznele, și păstră tăcerea ca Becka să poată să-și termine treaba. Un minut mai târziu, Bryan veni și el jos și îi făcu semn lui Matt să îl urmeze în bucătărie.

Încă înainte de a călca în bucătărie aroma de tocană de vită îi ajunse la nas, iar el inhală cu plăcere. Stomacul îi mormăi, iar Bryan, care era aproape de el, râse.

-Ești gata să iei prânzul? îl tachină el pe Matt.

-Presupun că tu ai gătit, se interesă Matt pe un ton sec.

-Presupui bine, replică Bryan. Nu aş lăsa-o pe Becka în bucătărie. Este un dezastru umblător, ridică el din umeri, iar apoi se îndreptă spre maşina de gătit şi luă o lingură de lemn să amestece în tocană.

-Asta sunt? se burzului Becka din spatele lui Matt, iar Bryan tresări.

-Haide, iubito, doar ştii că nu poţi nici măcar fierbe un ou, îi replică Bryan, dar nu se auzea nici măcar o urmă de reproş în vocea lui. Şi doar o ducem bine, nu-i aşa? Nu este nevoie să găteşti tu când eu pot să o fac foarte bine, adăugă el.

Veni spre ea, îi luă capul în căuşul palmelor şi îi sărută buzele tandru. Matt se întoarse să privească pe fereastră afară. Tandreţea dintre cei doi îi strecură un dor în suflet pe care crezuse că-l strivise cu mult timp în urmă.

-Vă este foame la amândoi? întrebă Bryan, întorcându-se spre sobă şi luând castroane din dulap.

-Voi aşeza eu masa, interveni Becka.

-Ce e de aşezat, iubito? se miră Bryan. Stai jos şi aduc eu totul la masă.

-Dar vreau să ajut, replică Becka cu supărare în voce.

Matt ştia că nu voia ca el să creadă că ea nu făcea nimic prin casă, dar el oricum ştia mai bine. Bryan nu o lăsa să facă prea multe.

-Ai avut destule de făcut pe ziua de azi, Becka, o mângâie el pe faţă şi îi sărută vârful nasului. A trebuit să mergi la şcoală – şi ai uitat să închizi uşa de la intrare cu ocazia asta, se gândi el să adauge, şi ai muncit la eseul tău de-a lungul ultimelor două ore...

-Da, și tu ai gătit, ai făcut curat și ai avut grijă și de copii, răspunse ea. Și peste două ore trebuie să te duci la dojo pentru clasele de după-masă și seară, așa că...

-Pot să mă ocup și de asta, nu te îngrijora, își flutură Bryan mâna, îndepărtându-i îngrijorarea, iar în același timp, o conduse la masă și o ajută să ia loc. Tu ești proaspătă mămică și trebuie să te odihnești cât mai mult posibil, sublinie el.

-Am fost proaspătă mamă acum o lună și jumătate, Bryan. Acum sunt foarte bine, replică ea, cu încăpățânare.

-Și așa trebuie să și rămâi, îi împinse ea umărul în jos când ea încercă să se ridice. Haide, Becka, stai jos. Pot căra trei boluri la masă singur, spuse el cu frustrare în voce.

Becka doar ridică din umeri, dar nu mai încercă să se ridice din nou. Matt, căruia întotdeauna îi plăcea să-i vadă duelându-se, o privea. Becka își mușca buza inferioară, clar supărată.

-Care e problema, păpușă? o întrebă el pe un ton liniștit.

-Nu mă lasă să fac nimic, se răsti ea. De parcă sunt fragilă.

-Nu am spus niciodată că ai fi fragilă, veni vocea lui Bryan de la mică distanță.

Becka și Matt se întoarseră spre el, iar Matt imediat se ridică să-l ajute pe Bryan să pună tava grea pe masă. Bryan umpluse trei castroane cu vârf și tăiase felii de pâine de casă caldă.

-Pot să-ți spun că gătești la fel de bine ca mama, mirosi Matt tocana, iar apoi mormăi de satisfacție.

Becka zâmbi, mândră de Bryan. Mătușa Marjorie era cea mai bună bucătăreasă pe care o știa, iar lauda lui Matt însemna ceva.

OCHI ÎN ÎNTUNERIC

Își cufundă lingura în tocănniță și se agită un pic pe scaun, înainte de a duce lingura la gură.

-Spune ce gândești, îi ceru Bryan. Ceva te macină, spuse el, privind-o dintr-o parte.

Matt știa că Becka nici măcar nu putea strănuta fără ca Bryan să se îngrijoreze.

-Ei bine, dacă vrei să știi, începu ea să spună ezitant, nu cred că e corect ca tu să faci absolut totul. A trecut deja o lună și jumătate de când am născut așa că sunt perfect capabilă...

Bryan o opri, atingându-i mâna.

-Nu-ți fă griji în legătură cu asta, Becka. Faci mai mult decât destul. Tu trebuie să te trezești noaptea să alăptezi copiii, și...

-Ha! pufni ea fără pic de eleganță, iar Matt se văzu nevoit să își ascundă zâmbetul.

-Ha? întrebă Bryan. Ce vrea să însemne asta?

-Ori de câte ori mă trezesc, te trezești și tu, așa că nu încerca să mă aburești cu chestia asta, ridică Becka din umeri.

-M-oi trezi eu, dar nu alăptez, replică el, îmbufnat.

Matt nu se mai putu abține și izbucni în râs.

-Voi doi sânteți comici. Sânteți primul cuplu pe care l-am văzut certându-se pentru că celălalt face mai mult, scutură el din cap.

-Tu mănâncă și taci din gură, se răsti Becka la el. Eu vorbesc serios aici. Da, alăptez și, da, merg la școală. Asta este suma realizărilor mele, se îmbufnă ea.

-Nu aş spune asta, murmură Bryan. Tu mă faci fericit, Becka, spuse el, luându-i mâna şi strângându-i-o cu tandreţe. Şi nu te mai îngrijora atât de mult. Mama ta o va trimite pe fiica Rosei aici mâine. Ea va face curat şi va spăla rufele, aşa că nu voi mai avea multe de făcut.

-În sfârşit, spuse Becka uşurată. Cel puţin nu vei mai avea de făcut şi lucrurile acelea.

Matt surâse. Ştia că Becka nu va accepta ca Bryan să muncească atât de mult pentru o vreme îndelungată. Acum, cel puţin, ştia că mai era altcineva care să se ocupe de cea mai mare parte a treburilor domestice, pentru că Bryan nu ar fi acceptat niciodată ajutorul ei.

Din păcate, nu le era uşor să angajeze ajutor în gospodăriile lor. Aveau nevoie de oameni care să păstreze secretul familiei şi nu puteau să angajeze pe oricine.

Din fericire, oamenii pe care îi angajau lucrau pentru ei generaţie după generaţie. Rosa era menajera părinţilor Beckăi şi fiica menajerei unchiului Michael.

-Deci va începe de mâine? întrebă Becka.

Bryan se mulţumi numai să dea din cap şi mai luă nişte tocană. Matt ştia că bărbatul era extenuat. Începuse să facă totul în casă singur încă dinainte de naşterea copiilor şi, de asemenea, continuase şi cu programul lui de antrenament.

Au savurat tocana de vită în tăcere câteva minute, iar apoi Becka îl privi pe Matt interogativ.

-Ce este? o întrebă el.

-Mă întrebam dacă ai veşti, ridică ea din umeri şi mai luă o felie de pâine.

-Ce fel de veşti aştepţi? întrebă Matt şi urmându-i exemplul, se mai servi şi el cu o altă felie de pâine.

OCHI ÎN ÎNTUNERIC

Bryan chiar știa ce să facă în bucătărie. Își imagină că Bryan știa ce să facă în aproape orice fel de situație. Vărul său prin căsătorie era unul dintre bărbații cei mai plini de resurse și talentați din familie.

-Știi doar, Matt, insistă Becka. Este deja 19 mai.

-Și? întrebă Matt posomorât.

Știa unde ducea acea discuție și nu îi plăcea. Doar Bryan privi de la unul la celălalt cu curiozitate.

-În iulie, este ziua ta de naștere, continuă Becka cu încăpățânare. Pe 27, se gândi ea să sublinieze.

-Și? întrebă Matt, pretinzând lipsă de interes. Ai de gând să planifici o petrecere pentru mine sau ce?

-Nu te gândi să te joci cu mine, Matt Winston, se răsti Becka și pumnul ei mic lovi masa, iar sprâncenele lui Bryan i se ridicară pe frunte. Știi foarte bine despre ce vorbesc.

Matt scutură din cap, mai luă din tocăniță și mestecă.

-Nu, nu prea știu, replică el. Mă gândeam să fac o croazieră sau să merg undeva, asta este adevărat. Dar încă nu m-am decis, ridică el din umeri din nou.

Becka se holbă la el cu uimire. Apoi respiră adânc, gata să se lanseze într-o predică. Bryan îi atinse brațul și o calmă.

-Matt, spuse el. Văd că e o problemă la mijloc și nu vreau ca Becka să se enerveze. Deci, despre ce este vorba?

-De ce nu o întrebi pe ea? replică Matt cu îndărătnicie. Nu știu ce vrea de la mine, răspunse el cu indiferență și continuă să mănânce.

Nu prea regreta că venise la ei acasă. Îi plăcea să-i vadă interacționând unul cu celălalt și îi iubea pe cei mici. Mai mult decât atât, mânca întotdeauna bine în bucătăria lui Bryan.

-Bine, iubito, despre ce este vorba? o întrebă Bryan când înțelese că Matt nu va spune nimic.

-Va avea treizeci și cinci de ani pe 27 iulie, sublinie Becka.

-Și? insistă Bryan, știind că discuția implica mai mult decât ziuua de naștere a lui Matt.

-Atunci va pierde absolut totul.

-Ce va pierde? întreb Bryan din nou, având senzația că îi smulgea cuvintele din gură.

-Puterile, banii din trust...

-Oh, înțeleg acum. Deci chestia aia are un termen limită, Bryan dădu din cap când înțelese cum stăteau lucrurile.

Se întoarse spre Matt și aștepta ca și el să spună ceva. Cu toate acestea, Matt doar continuă să mănânce. Nu părea interesat să adauge nimic la discuție.

-Haide, Matt, spuse Becka. Mai ai puțin mai mult de o lună și jumătate la dispoziție.

La cuvintele ei, mâna i se opri cu lingura la jumătatea distanței spre gură. Ochii lui șocați se fixară pe Becka. După câteva secunde de tăcere asurzitoare, puse lingura înapoi în bol și întrebă:

-Tu chiar vorbești serios?

-Acum ce mai e? își aruncă ea mâinile în aer.

Bryan mustăci. Uneori, Becka avea un talent real pentru dramă.

Matt împinse bolul la o parte cu regret. Chiar vrusese să mănânce tocănița aceea. O încruntătură îi apăru între sprâncene și o privi fix pe Becka.

OCHI ÎN ÎNTUNERIC

-Nu am găsit o femeie de care să mă îndrăgostesc până acum și tu chiar crezi că aș putea găsi una într-o lună și jumătate, observă el. Bryan, nevasă-ta și-a pierdut mințile. Chiar îmi pare rău pentru tine, spuse el întorcându-se spre Bryan.

-Nu, îi replică Bryan. Becka e deșteaptă și ar trebui să o asculți. Nu întotdeauna ai nevoie de ani de zile pentru ca să te îndrăgostești. Mie mi-a luat o zi și jumătate, poate chiar mai puțin de atât. Iar tu ai mai mult de patruzeci și cinci de zile, cred, îl mustră Bryan, scuturându-și capul.

-Aha, acum înțeleg. Voi doi sunteți îngrozitor de fericiți și vedeți totul prin ochelari roz, trase Matt concluzia și începu să se ridice de pe scaun.

-Poate că da sau poate că nu, replică Bryan. Dar asta nu înseamnă că nu îți poți termina tocănița. Atât Becka cât și eu, spuse el aruncându-i Beckăi o privire plină de subînțeles, nu vom mai discuta despre problema aceasta. Corect, iubita mea? o întrebă el, iar ea aprobă, dând din cap fără tragere de inimă.

Nehotărât, Matt privi de la unul la celălalt, dar, până la urmă, foamea lui câștigă. Se așeză din nou pe scaun și trase bolul în fața lui.

BIOGRAFIA AUTOAREI

Rowena Dawn scrie romane de dragoste, citește cărți polițiste și se uită la comedii. Îi place să se plimbe prin pădurr, dar iubește marea nebunește.

Are o relație de dragoste și ură cu scrisul ei și îl înnebunește pe câinele ei când nu se oprește din scris pentru a-l scoate la plimbare.

Această serie *Jumătatea Perfectă* va avea patru romane, iar toate vor fi despre iubire, aventură şi conspiraţii.

Aţi întâlnit toate personajele masculine în primul roman, *Cu Dublu Tăiş* şi în acest al doilea roman, *Ochi în Întuneric*.

Curând va apare a treia carte din seria "*Jumătatea Perfectă*" a Rowenei Dawn: **ATRAS!**

De asemenea de Rowena Dawn:
Cu Dublu Tăiș – Prima Carte din seria Jumătatea Perfectă - eBook, paperback, (audio book – doar în limba engleză)

Meg – eBook (**Meg La Răscruce de Drumuri**), paperback, (audio book – doar în limba engleză – *Leap of Faith*)

Trezirea Beckăi (Prima Carte din Seria Familiei Winston) – eBook, paperback, (audio book – doar în limba engleză)

Bărbatul (Aproape) Perfect - eBook, paperback, (audio book – doar în limba engleză)

Dilema lui Matt (Cartea a Doua din Seria Familia Winston)

VOR FI PUBLICATE:

ATRAS (Cartea a treia din Seria Jumătatea Perfectă).

Salvarea lui Jay (Cartea a treia din seria Familia Winston)

ROWENA DAWN

Vă mulţumesc că aţi citit romanul ***Ochi în Întuneric***, cartea a doua din seria ***Jumătatea Perfectă***.

Dacă v-a plăcut, vă rog spuneţi-le şi prietenilor dumneavoastră despre el sau scrieţi o scurtă recenzie.

Reclama din gură în gură este cel mai bun prieten al unui autor şi este extrem de apreciată.

Vă mulţumesc,
Rowena Dawn

CUPRINS

ROWENA DAWN

PROLOG

BIOGRAFIA AUTOAREI

OCHI ÎN ÎNTUNERIC

Pentru a auzi despre lansări de carte în viitor, vă rog înscrieți-vă la newsletter pe:
www.roxananastase.weebly.com[1].
Nu vă vor fi trimise alt gen de emailuri.

---

1.   *http://www.roxananastase.weebly.com*

Don't miss out!

Visit the website below and you can sign up to receive emails whenever Rowena Dawn publishes a new book. There's no charge and no obligation.

https://books2read.com/r/B-A-SAED-VQNS

BOOKS 2 READ

Connecting independent readers to independent writers.

Did you love *Ochi În Întuneric*? Then you should read *Atras*[2] by Rowena Dawn!

Nick nu-și dorea decât să fie lăsat în pace ca să poată uita urâțenia lumii înconjurătoare. Și, cu toate acestea, lumea exterioară intervine în viața sa și se vede pus în rolul de cavaler salvator. Ea caută adăpost, dar nu se poate încrede în nici un bărbat. Doi oameni puternici, prinși într-o situație dificilă. Vor găsi ei oare un punct comun?

2. https://books2read.com/u/boZ1ZL

3. https://books2read.com/u/boZ1ZL

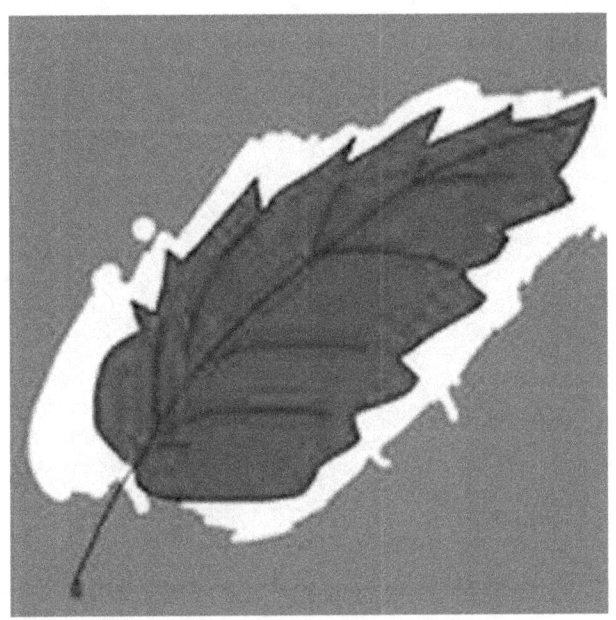

About the Publisher

It is based in Toronto and brings to public various books: poems, novels, short-stories, children's books, language study books and non-fiction. It publishes the literary review: Scarlet Leaf Review: www.scarletleafreview.com

Our mission is to help emerging authors and poets to make their works known to the public.

Contact   email   address:
scarletleafpublishinghouse@gmail.com